平凡社新書
896

三島由紀夫と天皇

菅孝行
KAN TAKAYUKI

HEIBONSHA

三島由紀夫と天皇●目次

天皇制へのアジアからの眼差し／左翼からの問いと三島由紀夫
アメリカ支配と国粋主義の融合／〈護憲の天皇〉の闘い／天皇と首相の間の激しい対立
明仁天皇と三島由紀夫――その逆説的酷似／「日本計画」による「国体」の維持
国体護持のために奔走する天皇裕仁／メビウスの輪としての戦後体制
安倍政権による、支配と利権のための改憲／天皇制民主主義に未来はあるのか
〈生前退位〉と「自刃」／天皇の霊性を価値としない者のために
天皇制国家の霊性とアジアからの憎悪／隣人との信認の起点をつくる

第1章　見てはならないものを見た

――〈諫死〉に向かう二十五年

作家それぞれの〈敗戦〉

あなたじゃないのよあなたじゃない待っていたのはあなたじゃない
太宰治『春の枯葉』（一九四六年六月『展望』初出）

太宰治が敗戦間もなくに書いた戯曲『春の枯葉』の主人公野中弥一はウィスキーを煽りながら、こう言う。太宰治（一九〇九年生まれ）にとって〈あなた〉とは何であったのか？一九三七年に中国で公開された映画『三星伴月』の挿入歌「何日君再来《ホーリージエンツアイライ》」（作詞貝林［黄嘉謨］・作曲晏如［劉雪庵］、テレサ・テンがカバーした）のように、「君」が多義的で特定できない歌もある。ある人には別れた恋人を、ある人には蔣介石の軍隊を、ある人には八路軍を、ある人には日本軍を、「君」は意味した。そのために「何日君再来」は様々な人に愛されて大ヒットしたが、蔣介石政権にも、日本の憲兵にも、のちの毛沢東政権にも敵視された。

だが、この戯曲の〈あなた〉の意味の的は広くない。〈あなた〉はおそらく占領者アメリカと、アメリカに媚《こ》びる自国の権力であることは間違いない。また、その下にあって、軍国主義から「解放」された戦後の日本人の荒廃した精神状況でもあろう。敗戦国日本の大多数の人間の「心ばえ」に対する太宰の幻滅は深かった。そのため、『パンドラの匣《はこ》』（一九四五年十月から『河北新報』に連載開始）の登場人物「越後獅子」は、敗戦後の「便乗思想」を超える真の「自由思想」の叫びとは何かと問われて、

天皇陛下万歳！　この叫びだ。昨日までは古かった。しかし、今日に於いては最も新しい自由思想だ。

とまで語っている。戦後、ＧＨＱがタブーにした「現人神《あらひとがみ》」としての天皇崇拝こそが、戦後の堕落を糺《ただ》す起爆剤だというのである。翌年書かれた『春の枯葉』の「あなたじゃない」も、その延長上で、敗戦後の腐敗に対する幻滅を示唆している。せっかく負けたのに、負けた挙句がこんな状況と向き合うことになるとは思ってもみなかった、というのが「あなたじゃない」の含意だろう。

一方、太宰と「無頼派」の双璧をなす坂口安吾（一九〇六年生まれ）は、いつの世も変わらぬ「天皇制」日本の権力者の醜さとそれに迎合する庶民の不甲斐なさを次のように激しく批判した。

藤原氏の昔から、最も天皇を冒瀆する者が最も天皇を崇拝していた。彼等は骨の髄から盲目的に崇拝し、同時に天皇をもてあそび、我が身の便利の道具とし、冒瀆の限りをつくしていた。現代に至るまで、そして、現代も尚、代議士諸公は天皇の尊厳を云々し、国民は又、概ねそれを支持している。

（『続堕落論』初出一九四六年十二月一日『文学季刊』第二号）

安吾の批判は、竹内好が「戦争と芸術」などで展開した日本人批判とも通じる。竹内は、欧米先進国の「文明」に追いすがる「優等生」であることを指導者の資格だと錯覚して、軽薄な「進歩」「優等生」へと大衆を啓蒙した日本人エリートの「指導者意識」や、その価値観を内面化してしまった大衆の「奴隷根性」を激しく批判した。この「指導者意識」と「奴隷根性」の共犯に天皇制を見た竹内は、日本には「一木一草」にも天皇制があると喝破した。安吾も竹内も、戦後日本の同胞が、エリートも大衆も全然変わっていないことに激しく苛立ち悲しんでいたと言えるだろう。

神権的な天皇制の〈喪失〉に傷つく

戦争と敗戦で見てはならないものを見たという点では、太宰治や坂口安吾など、戦前から一家をなしていた「無頼派」の世代や、戦時体験の作品化から出発した武田泰淳、野間宏、大岡昇平、梅崎春生、大西巨人などの戦後派作家と、三島由紀夫も変わらない。だが、「傷つき」の意味が違う。

「傷」には二つの意味がある。第一に、神権〈神がかり的〉天皇制とその下での戦争の「傷」、および神権天皇制が敗戦でひとまず切断された後に来た荒廃による「傷」。第二に、神権天皇制の喪失それ自体による「傷」である。作家によって「傷」の意味はさまざまだが、第一がほとんどである。しかし、三島は神権的な天皇制の〈喪失〉に傷ついた。

三島は一九二五年に生まれ、「私の遍歴時代」で述べているように「日本浪曼派」の影響下で十代を過ごした。「日本浪曼派」は保田與重郎《やすだよじゅうろう》が主宰していた国粋主義的な芸術家グループである。グループの雑誌『日本浪曼派』は、一九三八年八月に終刊しており、そのあとは蓮田善明《はすだぜんめい》らが主宰する『文藝文化』に引き継がれていた。彼らの国粋主義は、世上一般の軍国主義とは趣を異にしている。彼らは、激しい近代〈西欧志向〉批判を展開する一方、もっぱら日本文化の美の卓越性に関心を抱き、伝統への回帰を強く主張した。後年、三島が「私の遍歴時代」で次のように書いているのは正鵠を射た認識だろう。

『文藝文化』は、戦争中のこちたき指導者理論や国家総力戦の功利的な目的意識から、あえかな日本の古典美を守る城塞であった。

彼らは、一種の過激な天皇主義者だったには違いないが、むしろ、現実の日本国家の滅びの予感に立って、威勢のいい軍国主義の圧力から国粋主義的な文学の牙城を守ろうとしていた。十六歳の三島が書いた『花ざかりの森』は、国語の教師だった清水文雄を介して、蓮田善明らが主宰する『文藝文化』に紹介され、高い評価を受けた。三島由紀夫のペンネームは、この小説が掲載されたときに初めて使われた。『蓮田善明全集』に収録された右派の文芸評論家の小高根二郎の「解説」によれば、蓮田は『文藝文化』の編集後記で三島を「悠久な日本の歴史の申し子」と絶賛したという。

三島は、原爆投下を知って、「世界の終り」を感じ取ったと、後年「民族的憤怒を思い起こせ」(『週刊朝日』一九六七年八月十一日)で回想している。しかし、敗戦の翌日、師の清水文雄宛の手紙には、「我が国の文学史の伝統保持の使命」を自分たちの使命とすると「前向き」な姿勢で書き送っている。この時、三島は、天皇が「国体」と運命を共にしてきっと自決するから、自分は国が破れて消滅した後にも悠久の日本の魂だけは生き延びさせようと考えていたのだろう。まさか、天皇が占領軍と誼《よしみ》を通じて生き延びるとは思ってもみなかったに違いない。

アメリカが天皇制を延命させるという〈ねじれ〉

三島の最初の違和感は、天皇とマッカーサーの会見に対してだった。三谷信の『級友三島由紀夫』によると、天皇がなぜ衣冠束帯《いかんそくたい》でなく、背広姿なのかと、三島は激怒したという。やがて三島は、それが着衣の問題などではないことを悟り始める。一九四六年元旦、天皇はいわゆる「人間宣言」（正式名「新日本建設に関する詔書」もしくは「年頭、国運振興の詔書」）によって、自己の神格を否定した。焦土と化した国内の巡幸も前年の暮から始めていた。「人間宣言」が意味したのは、神聖不可侵の「神」であった天皇が、地位を占領軍に守ってもらう代わりに、主権と軍の統帥権《とうすいけん》と天皇の宗教的権威をアメリカに差し出すことだった。

アメリカが占領政策を円滑に進めるために、天皇制の延命と絶対的神権の否定を引き換えにさせるのは、アメリカにとって「合理的」である。だが、アメリカのこの命令は、アメリカと闘った国家にとっては、理念的に本来認める余地はなかったはずだ。アメリカに宣戦布告した天皇制国家日本は、アメリカとは「不倶戴天《ふぐたいてん》」の関係であった。降伏して「神国」であることを否定され、天皇が「神」で居続けられないのなら、天皇は「神国日本」とともに死ぬべきだ、というのが三島の立場であっただろう。「不倶戴天」の「敵国」

アメリカの意思で天皇制と天皇は残されたが、その天皇が「人間」になってしまったという事態は〈悪い冗談〉というか、三島にとって到底承服できない〈ねじれ〉と感じられたに違いない。

後年、この決定的違和感が鮮明なイメージを結んだとき、三島はようやく『英霊の声』に登場する二・二六事件の蹶起《けっき》将校と、特攻隊員の怨霊たちに、

などてすめろぎは人となり給いし

と語らせることができたのである。「英霊」たちの声の起源はこの時期にあった。

〈ねじれ〉といえば、加藤典洋は『敗戦後論』で、日本は占領統治によって生じた〈ねじれ〉を今日に至るまで克服できていないと主張している。加藤の言う〈ねじれ〉は侵略戦争の反省の証を日本人が自発的な意思で表明したのではなく、アメリカの占領政策によって強制されて受動的に憲法の文言で表明したことに由来する。その結果、敗者なのに負けを自覚できず、戦争による同胞の死を追悼できず、侵略した国々に謝罪という値する謝罪もできない羽目に陥っているというのが加藤の主張である。

ただ、加藤の主眼は占領軍に強いられた国民の歴史意識のひずみにある。日本国家が敵

国アメリカにとって「不倶戴天」であるはずの天皇制を存続してもらったことによる根深い齟齬《そご》は加藤の視野には収められていないように思う。

他方、三島の感じた〈ねじれ〉の焦点は「不倶戴天」の仇《かたき》であったアメリカの意思によって天皇が神から人に変えられ、殺されずに生かされ、退位させられずに天皇の座に居続けたことにあった。天皇は「神」であることを根拠に特攻隊員はじめ、己の「赤子」とされた多くの兵士を死に追いやった。にもかかわらず、自分が神であるというのは架空の観念だと宣言した。これは絶対に許されない背信だ、という過激な天皇主義者三島由紀夫の強い反発と怒りは、同時代の他の作家たちの心境とも、後世の歴史認識論の問題意識とも遠く隔たったものだった。

『花ざかりの森』を世に知らしめた蓮田善明と三島由紀夫の親交は、蓮田の出征まで絶えることはなかった。蓮田は激越な国粋主義者であり、国策に協力している文学者たちに向けても激しい論難を繰り返し、確執を醸したと小高根二郎は書いている。一九四三年十月、予備役の陸軍中尉だった蓮田善明は召集を受けた。村松剛の『三島由紀夫の世界』によると、蓮田は入営・出征に当たって、三島に「日本のあとのことをお前に託した」と言ったという。三島に後事を託した蓮田善明は、敗戦直後、皇軍の前途を誹謗し日本精神の壊滅を説いたとして上官の中条豊馬大佐を射殺し、自らのこめかみも同じ拳銃で撃ち自決した。

三島は蓮田の出征の翌年、徴兵検査を受け乙種合格となる。通常、乙種合格は入営する。だが「私の遍歴時代」の記述では、入営検査で若い軍医に胸膜炎と誤診《ごしん》され、即日除隊となった。父の平岡梓《あずさ》が書いた『伜《せがれ》・三島由紀夫』では、家族もそれを大いに喜んだという。『仮面の告白』には死を覚悟して入営検査に臨んだはずが、問診に際して病気を疑う軍医に同調したことへの屈託が小説のかたちで「告白」されている。また、同世代の青年たちが次々と特攻隊で出撃するのを知って、自分も特攻隊にゆけばよかったと言ったと父梓は書いている。六〇年代以降の三島の国粋主義の激化や奇矯な「行動主義」の志向は、このトラウマに誘導されている一面もあると考えられるだろう。

天皇制信仰を告白できない時代

われわれは現在、占領統治の下で、アメリカと敗戦時の権力の間にどのような密約がなされたかを知っている。それは、

a. 軍国主義廃絶のための武装解除、非戦非武装（憲法九条）。
b. その対価としての天皇制の存置（憲法第一章一～八条）と天皇不訴追。
c. 軍国主義の精神的根拠となった国家神道廃絶のための神道指令と（b. を有効にするための国民の天皇崇拝、つまり）「信教の自由」の保障（憲法二十条）。

の三点セットである。この三点セットによる敗戦処理に天皇裕仁が実質的にどうかかわったのかが明らかになるには、後述するようにかなりの時間を要する。

三島由紀夫がリアルタイムにどこまで事実や情報を確認できたかは定かでないが、しかし、マッカーサー・天皇会見にはじまる戦後国家の骨格の確定プロセスは、神道指令（一九四五年十二月）と天皇を訴追しない極東軍事裁判の開始（一九四六年五月三日）、憲法発布（一九四六年十一月）で早々に明らかになっている。三島にはそれで十分だったのではあるまいか。国粋主義者の三島から見れば、a.は「国防」の権利の剝奪《はくだつ》を意味し、b.は神である天皇に殉じた無数の「赤子」の犠牲と引き換えにされた人間天皇の延命であり、c.は「国体」の否定であった。これは承認し難いものであったに違いない。

蓮田善明の死は伊東静雄、富士正晴、林富士馬らの知るところとなり、林富士馬から佐藤春夫に伝わり、佐藤が『人間』一九四六年八月号に「哭蓮田善明」という詩を掲載しようとしたが、校正刷りの段階で占領軍の検閲を恐れて掲載は断念された。この校正刷りが清水文雄を通して三島の手に渡り、三島は蓮田の死とその理由を知ることになる。同年十一月十七日には、蓮田の追悼会が行われた。蓮田善明からの付託を三島が思わなかったわけはないだろう。

だが、占領下では、アメリカが天皇制を延命させたにもかかわらず、天皇賛美の言説は占領目的違反に問われる可能性のあるタブーであった。アメリカが天皇制を存続させるのは占領目的に合致するが、日本人による天皇・天皇制賛美は、日本の侵略戦争の賛美に通じる危険があるから認められない、ということだろう。また、それだけではなくて、天皇は裁判にはかけられなかったが、最高責任者は天皇だ、という認識は、当時言論界の主流であった「進歩派」の圏内では暗黙の共通認識だった。

そのため三島が「ロマンティックな天皇制信仰を告白できなかった」(古林《ふるばやし》尚《たかし》対談集『戦後派作家は語る』)と語る時代は長く続いた。また、占領統治の原則を受け入れた天皇や重臣たちに対する怒りを直ぐに行動に移すには、先に述べたように三島は自身の内部に抱えたさまざまな屈託やコンプレックスがあまりに大きすぎた。三島と古林尚はこんな会話を交わしている。

古林 私は戦後、ずっと余生という気がしています。
三島 それはぼくの内部にもやっぱり強く巣くっているなァ。
古林 そうですか。やはり余生という意識がありますか。
三島 いまだにあります。

(『戦後派作家は語る』)

「余生」とは、本来、戦争で死ぬべきだった人間が、間違って死に損なった、オマケの人生ということである。成人した後の古林は正統派の民主主義者だから、彼の「余生」感は、素朴に死んだ親族、友人、同世代に対するうしろめたさの意識と考えてよい。三島の場合は、先に触れたような、入隊時に軍医の誤診を誘導した疚《やま》しさに、本来の日本は〈死んだ〉のに、自分だけ生き残っているという感覚が入り混じっていただろう。さらには、日本という国家自体が「余生」なのかもしれないという疑いと結びついて、この感覚は、三島の作品に影を落としてゆくことになる。

誰が「日本精神」の〈根拠〉を取り除いたのか

それは、占領軍が提示し、敗戦権力が受け入れた新しい統治の枠組みが、戦前との切断なのか連続なのか、良かれ悪しかれ日本国家は生まれ変わったのか、もとのままなのか、はなはだしくわかりにくいものだったからである。天皇が居残ったのだから連続だとも見え、主権が国民に移ったのだから切断とも解釈できた。「国体」は変革されたのか護持されたのか、当時、議論は沸騰した。共和制か立憲君主制か絶対君主の専制かを区分する「政体」（form of government 統治形態）と違って、「国体」は翻訳不能の日本語である。

もともとは、水戸学の会沢正志斎を起源とし、明治憲法制定期には憲法学者の穂積八束《ほづみやつか》が日本の固有の変更不可能な国のかたちを表現する概念として提示したものであるが、戦後の論議では、「主権」の所在を示す概念として用いられている。敗戦時の最大の関心事であった「国体」とは、「主権」すなわち国家の政治意思の決定権の所在がどこにあるのか、という問題であったと考えればよい。

貴族院議員で、美濃部達吉のライバルだった憲法学者佐々木惣一は、改憲に反対の立場から、一九四六年十月五日、貴族院本会議で、新憲法で「国体」は変革されたと証言した。つまり、「主権」は国民に移る、だから反対、ということだ。美濃部の弟子の憲法学者宮沢俊義は、新憲法を推進する立場から、「八月革命と国民主権説」で、八月十五日の敗戦で、天皇主権の国家は廃絶されたのだから、それを前提に作られた新憲法に移行することによって「主権」は国民に移行したのだと主張した。

法哲学者尾高朝雄は『国民主権と天皇制』で、新憲法体制の下でも主権は個人としての国民を超えた「ノモス」にあり、「国体」は変革されずに連続していると論じた。「ノモス」とは文化伝統とか社会規範とでも考えればよい。宮沢と尾高の間で論争が起きたが、法理論的には宮沢が「勝った」とされている。倫理学者和辻哲郎も「佐々木博士の教示について」(『国民統合の象徴』所収)で、改憲されても「国体」は変更されていないと主張した。

だが本当の問題は、「国体」を護持するか変革（廃棄）するかの決定権が、日本国家の権力にも日本国民にもなかったことにある。「憲法制定権力」はアメリカ占領軍であった。つまり「主権」はアメリカ占領軍にあった。

アメリカは、占領から七年で、名目上、沖縄以外の「主権」を日本に返した。日本という「主権国家」は、憲法の上位にアメリカつまり日米安保法制があるという、解決不可能のディレンマを抱え込んだ。国体護持もウソ、民主革命もウソ、戦争責任追及もウソ、平和主義もウソ、何もかもが二枚舌に陥るしかない地平に日本人、日本社会、日本国家は封じ込められたのである。その全貌は徐々に明らかになってゆくので、当時三島がどこまで把握できたかはわからない。しかし、〈何かとんでもないこと〉が起きたと三島は直観したに違いない。

蓮田善明の追悼会で、

古代の雪を愛でし君はその身に古代を現じて雲隠れ玉ひしに
われ近代に遺されて空しく靉靆《あいたい》の雪を慕ひその身は漠々たる塵土に埋れんとす
（「故蓮田善明への献詩」『三島由紀夫全集』37巻）

という詩を献じた三島には、思い半ばに過ぎるものがあっただろう。蓮田善明は、中条大佐が皇軍の将来を誹謗し、日本精神の壊滅を説いたといって射殺して自決したが、戦後の視野から見直せば、「神」であるがゆえに皇軍の統帥権をもち、「神」であるがゆえに日本精神の不動の中心であった天皇が、「神」という自己規定を放棄したのだから、皇軍に「将来」などなく、絶対と信じた「日本精神」は「神国」という〈根拠〉を失ったのだから、皮肉なことに、中条大佐の認識は、実は当たっていたことになるのではあるまいか。「国体護持」のための緊急避難であったにせよ、アメリカの指示に従って「日本精神」の〈根拠〉を取り除いたのは、「日本精神」の神髄であるはずの天皇裕仁その人だったのである。

天皇への愛と憎悪

敗戦から二十五年、一九七〇年七月七日に、三島はこう書いている。

　私の中の二十五年間を考えると、その空虚に今さらびっくりする。私はほとんど「生きた」とはいえない。鼻をつまみながら通りすぎたのだ。

二十五年前に私が憎んだものは、多少形を変えはしたが、今もあいかわらずしぶとく生き永らえている。（……）戦後民主主義とそこから生ずる偽善（……）と詐術は、アメリカの占領と共に終わるだろう、と考えていた私はずいぶん甘かった。（中略）（……）気にかかるのは、私が果たして「約束」を果たして来たか、ということである。否定により、批判により、私は何事かを約束して来た筈だ。（……）政治家の与えうるよりも、もっともっと大きな、もっともっと重要な約束を、私はまだ果たしていないという思いに日夜責められるのである。その約束を果たすためなら文学なんかどうでもいい、という考えが時折頭をかすめる。……それほど否定してきた戦後民主主義の時代二十五年間を、否定しながらそこから利益を得、のうのうと暮らして来たということは、私の久しい心の傷になっている。

（「果たし得ていない約束」『サンケイ新聞 夕刊』『文化防衛論』ちくま文庫所収）

文学なんかどうでもいい、「約束」を果たすことが大切なのだ、と書いた四ヵ月後、周知のように三島は楯《たて》の会のメンバーとともに市ヶ谷の自衛隊東部方面総監室を占拠し、自衛隊員の蹶起《けっき》を促すが果たせず、その失敗を見届けた上で、割腹自殺した。三島の演説の音声データが残っている。また、その論旨を記した「檄」が楯の会会員によって自衛隊員に配付された。三島は、一九六九年の十月二十一日、国際反戦デーにおける新左翼の街頭行動に対抗して、自衛隊が出動することを「期待」していた。この「期待」は前年の新宿騒乱の規模と激しさに由来する。しかし、「暴動」は警察力（機動隊）が制圧し、自衛隊が出動しなかった。自衛隊は「内乱」を鎮圧するための「国軍」である必要がなくなったと三島は考えた。この事実を「護憲の軍隊」として認知されたことを意味すると三島はみなしたのだ。「護憲の軍隊」とは、憲法がアメリカの意思を体現しているのだからアメリカの軍隊だ、君たちはそれでもよいのか、と自衛隊員に問いかけたのである。

沖縄返還とは何か？　本土の防衛責任とは何か？　アメリカは真の日本の自主的軍隊が日本の国土を守ることを喜ばないのは自明である。あと二年の内に自主性を回復せねば、左派のいふ如く、自衛隊は永遠にアメリカの傭兵として終るであらう。（……）われわれは四年待った。最後の一年は熱烈に待った。もう待てぬ。自ら冒瀆する者を待つわけには行かぬ。しかしあと三十分、最後の三十分待とう。共に起って義のために死ぬのだ。

（「檄」）

「アメリカの傭兵」という部分は今も、いや今こそ生々しい。三島の直観の通り、日本国家はアメリカに隷属した。加藤哲郎が『象徴天皇制の起源』で述べているように、日本占領の計画の原型は一九四二年にアメリカ軍が構想し、「日本計画」と名づけられた。軍の内部対立から、いったん、この原案は棚上げされたが、占領統治に当たっては、ほぼこの「日本計画」の骨格の通りに実行された。戦後の「国体」は、日本国家をアメリカに隷属させるシステムだった。三島が言っていることは、それほど荒唐無稽ではない。だが、三島の煽動と檄文は、当然のことながら自衛隊員の意識とは完全にすれ違った。

私が考えたいのは、この死は何を意味するのか、割腹死の動機と敗戦後の三島の創作モチーフはどうかかわっているか、である。問いを解くために、ひとつの仮説を提示したい。仮説が裏付けられれば、割腹死に至る三島の心事の源泉が明らかになる。その仮説とは次のようなものだ。

〈敗戦後の三島由紀夫の創作のモチーフは、ほぼことごとく理念としての天皇への愛（恋《れん》闕《けつ》）と、生身の天皇裕仁への憎悪に引き裂かれた三島自身の葛藤・軋轢を起源としている。その葛藤を作品創作の内部で解決できなくなった結果が、自衛隊での割腹死である〉

それは必ずしも天皇への愛憎が作品に直接に描写されることや、直喩あるいは換喩《かんゆ》として表出されることを意味しない。多くの作品において、「恋闕」と憎悪が生み出すテンションの高い軋轢の心情は直截に表現されず、韜晦《とうかい》される。告白が韜晦であり、韜晦が告白であるような、真実の告白などあり得ないことを示唆する思わせぶりの極みの世界が現出される場合もある。

三島の作品世界は、しばしば、芸術家の宿命や使命を主題とする。必ずしも表面に天皇は出てこない。しかし、三島にとって「美」の極致は〈理念としての天皇〉である。逆に〈個人としての天皇〉への怨嗟《えんさ》や憎悪は、生み出された戦後世界への憎悪とつながっているから、戦後の世相や、人心や、思想や価値意識（の堕落）やそれに対する批判が主題とされることも少なくない。ここでも隠された主題は戦後の天皇である。

また、極限的なタブーの侵犯としてのエロティシズムの地平が描かれることもたびたびである。ときにそれは異端の性の愛憎の世界となる。三島にとってエロティシズムの禁忌の極限に天皇があることは当然の前提だ。

仮説に基づく解読作業の多くは、こうした韜晦のヴェールを剝ぎ取ってゆく作業とも重ならざるを得ない。

ただ、ひとつ、読者にお断りしておきたいことがある。それは、先の仮説に私が「ほぼことごとく」と、微妙な留保をつけたことだ。留保には、二つの意味がある。ひとつは、天皇への愛と幻滅が生み出した葛藤が三島を作品創作に向かわせたのには、敗戦をめぐる天皇の言動という三島にとって外的な事件を受けとめる、三島の内部の感性の核心とでもいうべきものが不可欠であったということ。もうひとつは、作品創作のモチーフという次元を超えて、自衛隊での自刃という、言葉の地平の外にある「行動」に三島を駆り立てる衝迫の源泉でもあった、ということである。詳細は、最終章で検討したい。

『仮面の告白』での「クイア」の自覚

あるシンポジウムの席上、この仮説を述べたところ、大澤真幸に、よくわかるけれども、それは「重層的決定」だと言われた（座談会「三島由紀夫と日本の現在」、大澤真幸・苅部直・菅、司会山村武善、『利賀から世界へ』二〇一七年、ＳＣＯＴ刊）。つまり、〈そうも言えるが答えは複数で、対立する見解も幾らでも成立する〉ということである。

たしかにしょせん、解釈とは「物語」の構築であり、人間の心性の動機となる絶対的な物証を提示することは不可能だ。しかし、「物語」にも客観的信憑性の高低というものがある。仮説を立て、それを立証する作業に問われるのは、その仮説が唯一絶対であることの証明ではなく、客観的信憑性をどこまで固めうるかということに過ぎない。先に述べたように三島由紀夫は戦時下にデビューしている。敗戦前に構想された作品群には当然、入営時の誤診による即日除隊の体験や敗戦の衝撃の影響を受けていない。敗戦後の時空の下で、作家活動をはじめたのはそれらの作品の後である。一九六四年に、敗戦直後の心境を回想して三島はこう書いている。

戦争末期に我こそ時代を象徴する者と信じていた夢も消えて、二十歳で早くも、時代おくれになってしまった。

（「私の遍歴時代」）

また、こうも言う。

戦後をむかえて解放感をいだかなかったとか言ったら、それはウソになりますね。ぼくも一時は非常に迷いましたよ。ロマンティシズムを憎んだりもしました。……ぼくはノンポリというのか、政治的には盲目でしたから、戦後の政治的な潮流がよく理解できなかったんです。政治的な発言をしようとするとシドロモドロで（……）それで一種の逃げ道として芸術至上主義者を気どることにしたんです。（……）そのあと、浪曼派の敵になって、古典派の旗をかかげることにしか自分の道はない、と思いつめたりもしました。（……）そしてそのうちにだんだん、つまり年とともにお里が知れてきた。

（『戦後派作家は語る』）

「芸術至上主義」の時代は『仮面の告白』にはじまる。厳密には、不可能性の愛を貫く男女の悲恋を描いた短編小説『軽皇子《かるのみこと》と衣通姫《そとおりひめ》』と、ラディゲの向こうを張ったロマネスク長編小説『盗賊』という二つの小説がこれに先行する。そのあと、六〇年までが古典派の時代、『憂国』からが浪曼主義ということになるだろう。

奥野健男によれば「お前は普通の人間ではない、いや人間でさえもないという痛切な認識」（『三島由紀夫伝説』）から、三島の『仮面の告白』が生まれた。〈普通の人間〉から遠い少数者とは、今日の語彙《ごい》でいえば「クイア」である。『仮面の告白』以後、三島は「クイア」の自覚に立った。野坂昭如はもっと苛酷なことを言っている。三島はホモセクシャルでさえなく、「自分しか愛せない」（『赫奕たる逆光』）のだ、と。だとすれば、これは底なしの孤独へと反転する。奥野は三島が『仮面の告白』を書けたのは戦前の国家のタブーが取り除かれた「戦後という時代のため」(同)だともいっている。三島自身もまた、「内心の怪物を何とか征服したような」「あの小説こそ、私が正に、時代の力、時代のおかげを持って書きえた唯一の小説」(「私の遍歴時代」)と書いて憚《はばか》らない。

三島はまた、「『仮面の告白』ノート」でこの小説を〈裏返しの自殺〉〈生の回復術〉ともいった。「裏返しの自殺」とは「私が今までそこに住んでゐた死の領域へ遺そうとする遺書」(同)を書くことだと言っているのは示唆的だ。これは、生き直すことを決意した三島が、遺書を書いた自分に対して書く訣別の書と考えればよい。『戦後派作家は語る』で三島は、誤診で即日除隊となった日に「天皇陛下バンザイ」という遺書を書いたと発言している。裏返しの自殺とは、その世界からフィルムを逆回しにするようにして蘇生する手続きのことである。

三島はこの小説を書きながら、〈妄念〉の裡で、何度も天皇を侵し、天皇に侵され、天皇を殺し、天皇に殺されたにちがいない。「超絶的なものにふれる」(同)ことによって「初めて真価を発揮する」(同)エロティシズムを経験したにちがいないのである。

古典主義の時代――『近代能楽集』

壮絶な自己解剖の作業によって成立した『仮面の告白』は作家の心身を疲弊させた。この緊張を維持して、生身を素材に「死刑執行人にして死刑囚」（ボードレール）の二重役割を演じ続けるのは、至難の業であったろう。三島はこう書く。

二十四歳の私の心には、二つの相反する志向がはっきりと生まれた。一つは、何としてでも、生きなければならぬ、という思いであり、もう一つは、明確な、理知的な、明るい古典主義への傾斜であった。

（「私の遍歴時代」）

三島の考えた「古典主義」とは何か。三島は鷗外を念頭に置く。「鷗外のあの規矩《きく》の正しい文体で、冷たい理知で、抑えて抑えて抑えぬいた情熱で、自分を鍛えてみよう」（同）と書いている。また、『小説家は銀行家のような風体をしていなければならぬ』と教えたトーマス・マンの文学が、このころから、私の理想の文学になりつつあった」とも書く。マンの文学とは「ドラマチックな二元性」「ドイツ文学特有の悲劇性」「最高の芸術的資質と俗物性の見事な調和」だという。鷗外とマンの取り合わせに十分納得のゆかない向きには、芥川龍之介の初期から中期の短編を思い浮かべて貰えばよい。芥川は、最晩年を除いて、地金を隠した。実人生の「告白」である場合も、本人の「人生」とは別のものとして書いた。

古典主義は作家の生身が叙述の中に侵入することを禁じる。もちろん、三島はそれが「私の資質から遠い」と自覚している。それでも、様式としては、古典主義の「規矩」に文体を合わせ込んでゆくことを決意したのである。

そこには二つの系譜がある。ひとつは短編戯曲『近代能楽集』の系譜、もうひとつは『禁色《きんじき》』『金閣寺』をはじめ前半生の「代表作」となる小説の系譜である。『近代能楽集』の連作は、「現在のように、ロマンティックな天皇制信仰を告白できなかった時代」（古林尚、前出）に「見果てぬ夢」を託する様式の役割を果たした。三島も「あれは、僕としても自信がある」と古林に応じている。「自信がある」とは、生身の思いを、完成度の高い虚構に封じ込んだという「自信」だろう。詳細は後述するので、ここでは私が核心と考えるポイントの指摘にとどめることにする。

『邯鄲《かんたん》』（一九五〇年）は、「美しい死」を禁じられた敗戦後の時代にも、「何としてでも、生きなければならぬ」という三島の新たな決意と響き合っている。

『綾《あや》の鼓《つづみ》』（五一年）には戦時下、「神」である天皇に命を捧げて戦後捨てられた者たちの恨みを三島は重ねている。

『卒塔婆小町』（五二年）で三島は、詩人（夢の中では深草の少将）が美の幻に殉じる虚妄の情熱を謳いあげた「芸術至上主義」の古典主義的表現とでもいうべき作品である。だが、三島の「美」は究極のところで天皇に通じていることに、読者の注意を喚起しておきたい。

『葵上《あおいのうえ》』（五四年）は、謡曲『葵上』の設定をそのまま使っている。謡曲の『葵上』は『源氏物語』の原作通り六条御息所が、愛してやまぬ光源氏を奪った葵上の呪殺を謀る物語である。作中の若林光を天皇と考えれば、六条康子は二・二六の蹶起将校、光が康子よりも愛した葵は首相以下の「君側の奸」ということになろう。

『班女《はんじょ》』（五五年）は、男女が持っていた同じ扇が邂逅の機縁となる原作と違って、待ち焦がれていたはずの吉雄が現れても、花子は自分の想いの高さに照らして、実在の吉雄はそれに値しないといって愛想尽かしをする。まさに三島版の「待っていたのはあなたじゃない」である。

『道成寺《どうじょうじ》』（五七年）の「本歌」は謡曲『道成寺』の安珍・清姫の物語である。原作では、安珍に捨てられた清姫は、安珍を追って大蛇となり道成寺の釣鐘に立て籠る。だが、三島戯曲の清子は決定的瞬間に闘いを思いとどまる。この結末は、清子、つまり三島の、「余生」に堪えて生きる決意なのではあるまいか。

『熊野《ゆや》』（五九年）も原作の人物配置とは似ても似つかない。カネ目的で大実業家の宗盛の愛人稼業をしている熊野は、母の病気を口実に帰郷し、恋人と逢瀬を楽しもうと画策する。ところが、たくらみはすべて宗盛に筒抜けだ。だが事が露顕しても宗盛は熊野の「さかしら」を全て許すのである。これは戦後日本の戯画である。宗盛はアメリカ、熊野はその手の内にある戦後日本のメタファである。

『弱法師《よろぼし》』（六〇年）は、「生みの親」と「育ての親」の、家庭裁判所での親権争いの物語だ。俊徳は空襲による火事で視力を奪われ、「余生」を生きることを強いられた孤児である。俊徳は三島本人であるとともに、三島の愛した「日本」でもある。「生みの親」は戦後日本の国家権力、「育ての親」がアメリカ占領軍、調停委員級子は国際社会の第三者機関であろうか。

『近代能楽集』の主題は、三島由紀夫の①「余生」である敗戦後を生き直す決意、②神から人になった生身の天皇への怨念と訣別、③美のために命を捨てる芸術家の覚悟、④敗戦後の日本の荒廃への批判、のいずれかと関連している。

禁忌によって燃え上がるエロス

一九五〇年から執筆された『禁色』は、『仮面の告白』が開いた「同性愛小説」というカテゴリーをさらに発展させた日本文学史上空前の異端的作品である。三島は『禁色』（第一部）の帯に、『仮面の告白』以来「精神性」の喜劇を主題として来たが、この作品ではこれを具体化した檜俊輔に対置して、精神性の皆無な美しい石造の彫刻のような人間を描こうとしたと書いた。「精神性」とは肉体から疎外され続けて来た三島の前半生そのものである。それを喜劇として描くということは、対象として、否定的に描くということを意味する。三島は檜俊輔という老作家に未来の自己を重ねていた。

この世の脆弱なもの、感傷的なもの、うつろひやすいもの、怠惰、放埒、永遠といふ観念、青くさい自我意識、夢想、ひとりよがり、極端な自恃と極端な自卑との混合、殉教者気取、愚痴、時には、「生」それ自体、（……）かういふものに彼はすべて浪曼主義の翳を認めた。浪曼主義は彼のいはゆる「悪」の同義語である。檜俊輔はおのれの青春の危機の病因を、ことごとく浪曼主義の病菌に帰してゐた。

三島は檜俊輔の「喜劇」を描くことを通して、過去の自己の徹底的な否定を試みた。だがその否定は、新しい野心の起点でもあった。野心には二つある。ひとつは世俗的野心である。それは、夭折の翳を背負った悲劇の作家という立ち居振る舞いを清算し、文壇での社交に立ち混じり大家を目指すことである。そのためには、「古典派」として大衆受けする『潮騒』のような通俗性に徹した作品も書くことを決意したということでもある。もうひとつは芸術的野心である。それは「美の創造者であると共に、美そのものになりたい」という、禁断の野望・不可能性への欲望にほかならなかったと奥野健男は推理する。
だがそれは、一方では、否定しようとしている「精神性の喜劇」への逆行の最たるものの並外れたナルシシズムへの回帰につながるし、他方では、近代日本文学研究者である柴田勝二の『三島由紀夫作品に隠された自決』が三島の割腹という最後の行為に見出した「天皇霊」の掠取の萌芽とも言いうるものだ。三島は言う。

エロティシズムは超越的なものにふれるときに、初めて真価を発揮するんだとバタイユはこう考えているんです。

(『戦後派作家は語る』)

バタイユを持ち出すまでもなく、三島という作家は終生、禁忌によって燃え上がるエロスの世界から離れたことはなかった。また三島には常人にはありえない自己愛があり、その自己愛は自己と自己との一体化へ向かう。それは極限で天皇との一体化願望に変換する。この願望が禁忌に阻まれると弑逆《しいぎゃく》への欲動に反転する。弑逆とは、主人を殺すことである。弑逆はさらに反転して自己毀損・自己破壊に回帰する。敗戦後二十五年、三島の想念は、この円環を反復していたのではあるまいか。そしてその殺戮や自損の妄念が現実のものとならないための回路が「古典主義」だったのだろう。虚構の世界の中に自分を入り込ませない、確固たる規矩に準拠して、作品世界を生身の自己の外に置く方法、それが鷗外やトーマス・マンを模した三島の「古典主義」にほかならない。

作品のテイストはさまざまで、相互の違いは非常に重要だが、あえて列挙すれば『真夏の死』『潮騒』『鍵のかかる部屋』『沈める滝』『美徳のよろめき』『鏡子の家』などがその範疇に収まるだろうか。

古典主義は「自己語り」を禁じ手にする。よしんば形式は自己語りでも、それは脱色され、書き手の生活とは縁遠い虚構として構築される。『金閣寺』は、そういう意味での古典主義が最も成功を収めた作品である。

金閣の悲劇的な美、金閣と同じ世界に生きているという一体感、金閣との一体感の喪失、金閣の守り人の腐敗堕落、金閣を焼く決意、これらは、単に美の楼閣と「私」の間の出来事ではなく、戦前と戦後の天皇・天皇制と三島の〈間〉の確執なのではあるまいか。

三島は最晩年に、次のようにも言っている。

美、エロティシズム、死という図式はつまり絶対者の秩序の中にしかエロティシズムは見出されない、という思想なんです。（……）オキテを破れば罪になる。罪を犯した者は、いやでも神に直面せざるを得ない。エロティシズムというのは、そういう過程をたどって裏側から神に達することなんです。

（『戦後派作家は語る』）

「裏側から神に達する」という台詞は、一九六五年に執筆された『サド侯爵夫人』のルネの台詞にも出てくる。『金閣寺』の「私」（溝口）は、自分には神に通じる裏口がないと悟って、「美しい死」を断念し、「余生」に堪えることを決断した、ということであろうか。

「大義」に殉じる恍惚

一九六〇年は、日米安全保障条約改訂の年である。それは戦後史の分岐となる重大な画期だった。三島は『文化防衛論』（一九六八年）で、敗戦からこの時期までの「民族主義」を、国民の間に遍在した「占領に対する欺瞞的抵抗」としての「民族主義」と、左翼政治運動としての「大声の、公然たる民族主義」に分けて認識している。そして前者は「民族主義の、語られざる満足」を生み出し、後者は「革命の空想と癒着した」と述べている。

三島は六〇年を「第一次民族主義」の終焉と見なした。三島がこの政治闘争それ自体に特別の感慨を覚えたとは思われない。だが、この年の十月に山口二矢《おとや》による浅沼稲次郎社会党委員長刺殺事件が起きた。この事件は、三島をして、戦後をただ「余生」として生きるだけでは済まされないものと感じさせる機縁となったのではあるまいか。

一九六一年一月、三島は『憂国』を書く。二・二六蹶起将校と志を共にしていながら、新婚旅行のため蹶起に加われず、かえって同志討伐の任務を担わされた青年将校武山中尉が、新妻とともに自決する物語である。そこには、二・二六蹶起に遅れ、敗戦の後に生き残り、二・二六蹶起や「聖戦」としての大東亜戦争を否定する戦後の風潮に棹さして生きる自分は、いつか蹶起将校や特攻隊員に倣って死なねばならぬ、という忸怩《じくじ》たる情念が重ね合わされている。この時初めて、三島はあからさまに「大義」に殉じることをエロスとして語ったのである。ここには、十年間守ってきた「古典主義」を見出すことができない。物語の話者である三島自身が記述対象に流れ込んで、恍惚のオーラを発している。

『憂国』は、物語自体は単なる二・二六事件外伝であるが、ここに描かれた愛と死の光景、エロスと大義との完全な融合と相乗作用は、私がこの人生に期待する唯一の至福であると云ってよい。

（『花ざかりの森・憂国』解説、新潮文庫）

『憂国』が掲載された『中央公論』の前号に、深沢七郎の『風流夢譚』が掲載された。これを「不敬」とする小森一孝による殺傷事件（嶋中事件）が発生した。天皇・皇族の首がコロコロ転がるという革命のパロディが許せないというのがその理由だった。

少し先の話だが、一九六七年に、磯部浅一の獄中手記が公にされる。磯部の日記には、猛烈な天皇への呪詛《じゅそ》が書き綴られていた。この手記を読んだことは、生身の天皇への〈愛想尽かし〉を公然化する最終的決断を三島に迫ったのではあるまいか。「『道義的革命』の論理」では磯部の手記についての三島の立場からの丁寧な吟味がなされている。

もうひとつ、三島にとっての大きな出来事があった。一九六四年、澁澤龍彦による『サド侯爵の生涯』というマルキ・ド・サドについて日本人が初めて書いた評伝が刊行されたのである。『サド侯爵夫人』（一九六五年）がこの評伝に触発されて執筆されたことは周知の事実である。

獄舎に幽閉されたサドをめぐる、サド侯爵夫人ルネと俗物モントルイユ伯爵夫人の第二幕での壮絶な闘いは、〈理念としての天皇〉への恋闕に依拠した、低俗極まる権力に対する怒りの迸《ほとばし》りと二重写しにされている。また、第三幕におけるルネの夫に対する訣別は、敗戦時の戦死者たち、とりわけ特攻隊員への天皇裕仁の背信に対する幻滅による愛想尽か

し と重ね合わされている。

だが、これだけならば、あくまでもメタファの世界に過ぎない。より直接的な天皇裕仁への訣別を描いたのが一九六六年の『英霊の声』である。天皇の裏切りをあからさまに詰《なじ》る『英霊の声』の「兄神」の呪詛は磯部の獄中日記を典拠としている。「弟神」は特攻隊員である。二つの声は交響しあって、人間となった天皇を糾弾する。

忠勇なる将兵が、神の下された開戦の詔勅によって死に、さしもの戦いも、神の下された終戦の詔勅によって、一瞬にして静まったわずか半歳あとに、陛下は、
「実は朕は人間であった」
と仰せ出されたのである。われらが神なる天皇のために、身を弾丸となして敵艦に命中させた、そのわずか一年あとに……。

（一九六六年六月、『英霊の声』）

それでも三島はまだ、一九六六年には、自分の『運命』とは生きのび、やがて老い、波乱のない日々のうちに、たゆみなく仕事を続けること」（「『われら』からの逃走——私の文学」、一九六六年三月、全集33巻）だと書いている。もちろん、同じ文中で、口舌の徒で

あることをやめて「行動」に走ろうとする思いも語っているが、中年の文士のノスタルジーからの行動は薄汚くてみっともない、と自戒もしているのである。

諫死、または天皇霊の横領

だが、この後に「無為」から「行動」へ、三島の心事に決定的な転回が訪れる。一九六七年十一月、福田恆存《つねあり》との対談「文武両道と死の哲学」で三島は、天皇に苛酷な要求をすることこそが忠義なのだ、と語る。苛酷な要求とは、それが「行動」にまで高まる予兆ではあるまいか。同じころ、三島は、楯の会の前身となる「祖国防衛隊」を立ち上げる。この年、十月八日には、三派全学連による佐藤首相南ベトナム訪問阻止闘争が行われて京大生の山﨑博昭が機動隊によって死に至らしめられている。一九六八年には三島は自衛隊に繰り返し体験入隊し、空手を習い始め、楯の会を正式結成する。六八年は全共闘運動の昂揚期である。一九六九年になると、三島が組織した楯の会による「行動」を三島は、会員とともに模索し始める。

それと呼応するように、「何もするな」という「お上」の命に殉じる朱雀経隆を、無残な否定的形象として描き出す『朱雀家の滅亡』が執筆される。刊行は一九六七年十月である。

朱雀経隆は、天皇を蔑ろにして横暴を極める首相を、堂上公家に似合わぬ一大決心をして、権力の座から引き下ろす政治を取り仕切った。だが、「お上」はそれを喜ばなかった。経隆は、それ以後、一切〈何もしない〉ことを選ぶ。その結果、侍従長の地位を失い、息子経広を死地に赴かせ、愛人でもあった女中おれいを空襲で失い、家屋敷も焼かれ、全てを失った。敗戦後、息子の許嫁《いいなずけ》であった璃津子から、経広を経隆の「無為」ゆえに死に追いやったことを詰られ、「滅びなさい」と責めたてられる。経隆はこう答える。

経隆　どうして私が滅びることができる。夙《と》うのむかしに滅んでいる私が。

そこには「無為」による滅びを側近に求めながら〈敗戦〉に適応して生き延びた「お上」への批判をも読むことができる。おそらくこの作品は「運命」としての「無為」を受け入れてきた三島自身の、「余生」との訣別の手続きにほかならない。

正確な時期を特定する術を持たないが、三島は、リビドーの至高の対象であるとともに最高の敵でもある天皇に対して、あからさまな批判の意思を届ける行動を構想し始めた。「行動」とは武士の倫理と作法に則った「諫死」である。「諫死」とは、武家社会で臣下が主君の誤った言動を、死をもって諫《いさ》める行為である。三島はそれを最後の「作品」として構想する。

私は当時、三島が私費を投じて組織した楯の会という「おもちゃの軍隊」を奇矯《ききょう》で滑稽としか感じなかった。だが、三島に寄り添う姿勢を取り去って直視すればキッチュとしか言いようのない「軍隊」も、三島本人にとっては「余生」に最後の死に場所を用意するための実行部隊であったに違いない。

澁澤龍彦は「三島由紀夫——絶対を垣間見んとして」(『日本作家論集成』下、所収)で、この決意から「露わになるのは」「本人の死への意思のみ」で、イデオロギーはアリバイに過ぎないと断言している。だが果たしてそうか。澁澤は、太宰の死への意思についても、女はアリバイに過ぎないと言っているが、そう軽々には即断できない。太宰も三島も、ただの「死にたがり」だったとは、あまりに無残ではあるまいか。

柴田勝二は、十一月二十五日が一九二一年に天皇裕仁が摂政になった日であることに着目し、実質的に天皇霊に触れた五十年後のその日に、戦後「人間」となった天皇を否認するために「神」としての天皇を殺し、三島自身がとって替わって、『天皇霊』の連続性に自身の霊魂を重ねる」ことをめざしたのではないかと書いている(柴田、前出)。それは生身の命と引き換えにした、神の座の横領の儀式を意味する。私は先に三島の死を「諫死」だと書いたが、「諫死」ではなく、天皇霊の掠取・横領という解釈も成立する。いずれにせよ、諫死も神の座の横領も、延命した天皇に対する三島の否認だという点では共通している。そのいずれであったのかは、後にもう一度検証することにしたい。

君主制を否定する私は、三島由紀夫の天皇観と正反対の立場に立つ。しかし、三島由紀夫が、敗戦を機に「人間」となって延命した天皇と、それを根拠づけた制度の欺瞞をいちはやく察知し、終生それにこだわり続けたことには人々の注意を促したいと思う。三島のように、天皇は戦前に還って神たれなどと言いたいのではない。大切なのは、戦後のはじまりに決定的な欺瞞が存在したことを発見したのは誰か、ということである。

安穏に生きるためには決して見てはならない事態をいちはやく察知してしまったことが、作家三島由紀夫の運命を決定した。

第2章　天皇への反歌

――『近代能楽集』をめぐって

「美しい夭折」を禁じられる

磯田光一は三島由紀夫論に多くのスペースを割いた戦後作家論『殉教の美学』で、三島由紀夫は「敗戦」によって「恩寵《おんちょう》」を失った、と書いている。磯田の言う「恩寵」とは、幸福な幻想を抱ける条件があたえられていることであり、ここでは戦争が「美しい夭折《ようせつ》」の可能性を保証してくれていたことを意味する。

ただし、三島は国家に命を捧げたいと一途に思いつめた単純な軍国少年だったわけではない。戦時下でも、三島の殉国の精神は一般的な軍国青少年とは違っていた。磯田が言うように「異端の子・三島にとって、聖戦思想の熱狂的な信奉者になることはありえなかった」からだ。三島は死を宿命として見つめながらも、国家の「非常時」でもなお、常に特権的な作家として生きたいという欲望を抱き続けていた。それは級友三谷信も父平岡梓も証言している。

しかし、死の覚悟自体が嘘というのではない。そうでなければ入営（結局、即日帰郷になったが）に当たって、次のような軍国主義者のステレオタイプというしかない遺書などしたためるわけもなかった。

遺言　平岡公威㊞／一、御父上様／御母上様／恩師清水先生ハジメ／学習院並ニ東京帝国大学／在学中薫陶ヲウケタル／諸先生方ノ／御鴻恩ヲ謝シ奉ル（中略）一、妹美津子、弟千之ハ兄ニ代リ／御父上、御母上ニ孝養ヲ尽シ／殊ニ千之ハ兄ニ続キ一日モ早ク／皇軍ノ貔貅《ヒキユウ》トナリ／皇恩ノ万一ニ報ゼヨ／天皇陛下万歳

作家活動を続けるために入隊検査で疾病を偽装しながら、同世代の若者がつぎつぎと戦死していくのを見れば、自分も特攻隊にゆきたいと言ったのは単純な偽善ではない。それはともに真実で、三島はその葛藤の中で限りなくテンションの高い生を生きていたのだと言える。

敗戦はその緊張の糸を断ち切った。天皇はマッカーサーと会見し、天皇制の存続を保証され、「人間宣言」を発した。死の直前、三島が古林尚と語り合ったときに口にした「余生」の感覚とは、「美しい夭折」を願って生きて来た者の、生きる根拠の急激な喪失によって訪れる極限的な脱力とでもいうべきものだ。まだ青年なのに、一人前の人生を生きるに値しない廃人になった感覚だと言ってもよい。そこから始まった自問の果てに結実したのが『仮面の告白』だった。この作品は、多くの論者が指摘するように三島に方法を獲得させた。しかし、それはボードレールの「己を罰する者」（『悪の華』）に準《なぞら》えて言われる

〈死刑執行人にして死刑囚〉、メスにして肉であることを作家に強いる、つまりは自分で自分を切り刻むしかない苛酷の極限のような方法だった。

だから三島は、書き終えた後、二つのことを考えた。「私の遍歴時代」にあるように、「生きなければ」ということと、「明るい古典主義」の方法を獲得することである。三島自身は明示的に語っていないが、わざわざ「生きなければ」と書くということは、『仮面の告白』の執筆自体が地獄の苦しみであり、それに先立つ「美しい夭折」を禁じられた敗戦後の時間が、それにもまして耐え難いもので死を思う日々であったことを意味するのだろう。

「古典主義」とは、作品世界の強固な壁を作り、作品の中の出来事でそのつど生身の作家が生死を賭けなくてもよいように、作品と作家の間に隔たりを作ることだ。

磯田光一の三島由紀夫論によれば、ドン・キホーテは、「不正を糺す」という騎士道の「悠久の大義」に殉じられるという「恩寵」の中に生きている。「恩寵」とは、「悠久の大義」という騎士道の使命は幻想に過ぎないことに気づかず、大義を信じ込んでいられるということである。だから、ドン・キホーテの「人生」と「大義」は一体化していて、それが「愚行」だなどとは考えないですむ。だが作者セルヴァンテスはその「恩寵」の内部にいるわけではない。それが作家三島由紀夫の位置と重なるのである。

「人生」が滲み込まない「芸術」

「セルヴァンテスはドン・キホーテではなかった」。これは三島由紀夫のエッセーの題名である。知ってはならないことを知ってしまった者は「恩寵」から疎外されている。ドン・キホーテの「愚行」をセルヴァンテスは共にすることはない。しかし、ドン・キホーテが見ている「巨人」の幻像は、主人に寄り添う従者サンチョ・パンサから見えないだけでなく、セルヴァンテスにも見えていない。

幻が「見える」、一見おかしなドン・キホーテのほうが、幻が「見えない」ふつうの自分より「本物の人間」だとサンチョは考える。幻を見ることができるのは、非凡な想像力に恵まれているからで、凡庸な自分にはできないことだと考えるからだ。だから、ドン・キホーテを見捨てない。作家セルヴァンテスは、つまり、「恩寵」を失った三島由紀夫は、この二人を視野に収める位置に立つ。こうして磯田の言うように「ドン・キホーテに帰れぬセルヴァンテスの背理が、三島美学の根底を支え」ることになった。

「芸術」と「人生」とは明らかに次元を異にした世界であり、「芸術」はあくまでも自律的な言語空間をもたねばならない。（……）「生活よりも高次なものとして考へられる文学のみが、生活の真の意味を明かにしてくれる」（「重症者の兇器」）のであった。ここに、古典主義者・三島の芸術的方法があり（……）わが国の私小説的写実主義との、決定的な断絶がある。

（磯田光一『殉教の美学』）

これは、一九五〇年代の三島の方法の全体に対する見解であるが、短編戯曲集『近代能楽集』にはとりわけ厳密にフィットする。理由は二つ。ひとつは戯曲という形式が、複数の登場人物の対話による相互の相対化によって世界を成立させるものであるため、「芸術」に「人生」がひそかに滲み込むことが方法的に阻止されていること。もうひとつは、謡曲からの「本歌取り」というあらかじめの約束事が、さらに登場人物や作品世界と「人生」の一体化を阻んでいることによる。

それは、三島があくまでもセルヴァンテスの位置に己を立たしめ、ドン・キホーテになることから自身を断ち切る方法であった。彼は最後の最後に再びドン・キホーテに回帰するのだが、それはまだまだ先のことだ。

生きるに値しない世界に生き直す

先に触れたように一九五〇年、三島は『近代能楽集』の第一作『邯鄲《かんたん》』を書く。すぐに上演もされた。〈世の終わり〉を見届けたと感じた次郎は、乳母の菊の家に帰ってくる。菊の家の庭の花々が枯れているのは、次郎の「人生」の終末のメタファであろう。

次郎　（……）こんなところへやって来る気になるのは、何もかもおしまいになっちゃった証拠なんだから。僕の人生はもう終っちゃったんだからね。

菊　へーえ、妙なことを仰言いますねえ。だってあなたさま、まだ十八におなりになったばかしでございましょう。十八でどうしておしまいなんでございます。おかしいじゃございませんか、そんなの。

次郎　いくら十八だって、自分の人生がおしまいだってことがわかるくらいの智恵はあるんだよ。

（『邯鄲』）

十八歳の次郎は「邯鄲の枕」に身を横たえて、「一炊の夢」である人生を辿ってゆく。人生は空しいという悟りを開くためであるはずが、次郎は邯鄲の里の精霊の思惑通りの「悟り」を開かない。あらかじめ人生は「一炊の夢」だと悟っている次郎には、邯鄲の枕の効き目がないのである。この世の空しさを悟らない次郎に業を煮やした「老国手」(邯鄲の里の聖霊)は次郎を毒殺しようとする。

老国手 (……)もうこうなったら、おまえを生かしてかえすわけには行かんのだ。生かしてかえしては、わしの本分にもとる次第さ。

次郎 でも僕は死にたくないんだもの。

老国手 矛盾! 矛盾! あんたの主張には論理的一貫性が欠けているように見受けられる。

次郎 なぜさ。

老国手 だってあんたは一度だってこの世で生きようとしたことがないんだ。つまり生きながら死んでいる身なんだ、あんたは。それが死にたくないとは何だろうね。

次郎 それでも僕は生きたいんだ!

老国手 そんな愚にもつかないことは、これを呑んだ上で考えなさい。

次郎 いやだ、僕は生きたいんだ!

次郎隙をうかがって老人の手より薬をくつがえす。老人、呀《あっ》と叫んで消ゆ。

次郎が夢の世界から生還すると、菊の家の庭には小鳥が囀《さえず》り、花が咲き乱れている。「一炊の夢」の世界は敗戦後のようでもあり戦時下のようでもある。三年眠りに就いていたとは、憲法施行からの時間と読むべきだろうか。あるいは二・二六の蹶起を葬った後、軍が実質的統帥権を天皇から奪ってからの時間ともとれる。三年眠りに就いている間に、老国手たちに好き勝手にされている次郎は、三島の見立てた傀儡《かいらい》としての天皇のようでもあり、恩寵を失って生殺しになった三島本人のようでもある。

だから、この戯曲は、三島が「余生」を抹殺されずにしのぎ切る決断をするに至った物語のようにも読めるし、傀儡にされ、終わってしまった戦後の天皇に対して、次郎のように生還してほしいと呼びかけるメッセージのようにも読める。

三島由紀夫と藤田省三

翌年、三島は『綾《あや》の鼓《つづみ》』を書く。原作同様、塵屑《ちりくず》のごとく弄ばれて捨てられる老人の無残な求愛の物語である。女が慰みに、絶対に鳴らない綾の鼓を鳴らしたら恋を成就させてやるというのも、真に受けた男が綾の鼓をうち続け、鳴らないことに絶望して身を投げるのも、男が怨霊となって女の前に現れて呪詛するのも原作と同じである。

だが、原作と微妙に設定が変更されているところがある。原作では卑しい老人が恋するのは身分の高い女御《にょうご》である。また、鼓はのっけから絶対に鳴らない、という設定で物語が進む。三島戯曲では、老人本田岩吉は、愛する華子を、上流社会の「貴婦人」だと思い込んでいるが、亡霊になって華子と対峙したとき、華子と岩吉はこういう対話を交わす。華子は「貴婦人」ではなく、刺青を男に入れられた女なのである。つまり女御の身分はニセモノなのだ。

華子　（……）あたくしのお腹には刺青がありますの。三日月の刺青が。
亡霊　ああ……。
華子　別に好きこのんで彫ったわけじゃありません。男が無理矢理に彫ったんだわ。
　その三日月はお酒を飲むと真赤になるの。ふだんは死人のように真蒼なの。
亡霊　売女め、あんたは二度まで儂《わし》をなぶりものにした。一度では足りずに、（……）

単にニセモノであるというにとどまらない。三島の含意は、華子が「貴婦人」であって同時にアメリカの「売女」であるということなのではないか。

思想史家の藤田省三は一九四五年に、『天皇制国家の支配原理』の冒頭で戦後日本の天皇制を「買弁天皇制」と批判し、「アメリカニズム」の浸透と戦後天皇制が全く矛盾しないことを指摘している。天皇制に対する三島と藤田の立場は正反対だが、アメリカの統治の具としての戦後象徴天皇制の欺瞞を感知していたという点で両者はたがいに通じている。白井聡が『国体論——菊と星条旗』で言う「アメリカの日本」つまり、アメリカに対する天皇の隷属に、気づく人は当時から気づいていたのだ。

鼓の音は、岩吉の耳には「鳴っている」が、華子の方からは「きこえない」。華子は、岩吉の想いの強さによって最後に鼓が鳴ることを、つまり不可能が可能になることを望んでいるかのような心理描写がある。一方、岩吉は、聞こえないのは華子の嘘ではなく、実は鼓は本当に自分だけにしか聞こえていないのではないかと自らを疑う。二人の心理的葛藤は、謡曲にはない「近代的」なものである。

亡霊　六十六、六十七、……ひょっとすると、鼓がきこえるのは儂の耳だけなのかしらん。
華子　(絶望して、傍白) ああ、この人もこの世の男とおんなじだ。
亡霊　(絶望して、傍白) 誰が証拠立てる、あの人の耳にきこえていると。
華子　きこえない。まだきこえない。

想いが届くか届かないかをめぐって、亡霊と華子は阿吽《あうん》の呼吸の探り合いをしているのだ。そして、岩吉の亡霊が百打ち終わると諦めて消えるのを見届けて、華子が「あたくしにもきこえたのに、あと一つ打ちさえすれば」と言うのである。ここには、三島の視野で描かれた、三島と天皇の架空対話の趣がある。

古林尚と三島の前出の対談で、「鳴るはずのない綾の鼓を、女主人にだまされて鳴れば恋をかなえてやると言われ、懸命になって打ちつづける男のせつない努力――あれには、まったく心を衝かれました」という古林に対して、三島は「それは、まるでぼくが天皇陛下を言っているのと同じじゃないですか（笑）」と応えている。一見冗談のようだが、ここには三島の真意が込められていたのではあるまいか。

蹶起部隊を裏切った「大御心」

岩吉の想いには、二・二六蹶起部隊に対してなされた川島陸相の「告示」を読んだ蹶起将校の心情を思い起こさせるものがある。「告示」にはこうあった。

一、蹶起の趣旨に就きては天聴に達せられあり

二、諸子の真意は国体顕現《けんげん》の至情《しじょう》に基づくものと認む

三、国体の真姿顕現の現況（弊風《へいふう》をも含む）に就きては恐懼《きようく》に堪えず
四、各軍事参事官も一致して右の趣旨により邁進《まいしん》することを申し合わせたり
五、之以外は一つに大御心に俟《ま》つ

磯部浅一たちの「愛」が求めているのは、天皇に蹶起が喜びを持って迎えられることであるのだから、「蹶起の趣旨に就きては天聴に達せられあり」「諸子の真意は国体顕現の至情に基づくものと認む」という告示が届けば、「想い」は「届いた」と考えるのは自然のことである。この後、軍事参事官会議の「口達《こうたつ》」には、蹶起軍を「友軍」と見なすと述べられているのだ。

これは、「恋の成就」でもある。三島由紀夫の高校時代の級友だった三谷信は

平岡の晩年の主張は、その山本修先生の主張とほとんど同じところがある（たとえば、恋も忠も心の姿は同じであるという奔馬の中の言葉は、火の気の無い学習院高等科の教室で山本先生が語った言葉その儘である）。

と書いている。山本修先生とは旧制高校時代の三島由紀夫に強い影響を与えた倫理の先

生である。「恋も忠も心の姿は同じ」という点については、晩年の『奔馬』まで年代を下げなくとも、若い頃からの一貫した三島の考えであったと考えてよい。それを三島は二・二六の蹶起に投射していたと考えてさしつかえあるまい。

この告示や蹶起から鎮圧に至る経過について、五〇年代の初めにどの程度の情報収集が三島に可能であったかはあきらかでないが、一九五二年に立野信之の、史料に基づいたノンフィクション小説『叛乱』が発表されていたのだから、軍部中枢や皇族に受け入れられかけた行動が、一転、「大御心」によって、ことごとく反故《ほご》にされた経緯の概略は三島も知っていたと考えてよいだろう。「二・二六事件と私」で、十一歳のときの二・二六事件への名状しがたい感慨と、二十歳のときの「人間宣言」への懐疑を語っているのだから、三島にはそれで十分だったとも言える。

岩吉と華子のやりとりには、三島の様々な思いが忍び込ませられている。華子の「あと一つ打ちさえすれば」には、「大御心」への三島の一抹の期待が込められているとも読める。また、「ひょっとすると、鼓がきこえるのは儂の耳だけなのかしらん」という、肝心の場面での岩吉の自己懐疑を察知した華子は、「ああ、この人もこの世の男とおんなじだ」と「絶望」し、それが「きこえない。まだきこえない」という頑《かたく》なな拒絶を導き出したとも読めるのである。ここには、「赤子《せきし》」の忠誠心の揺らぎに対する天皇の側の恐怖が投射されているのかもしれない。三島は、この恐怖に天皇の蹶起軍弾圧決断の理由を見出したのだとも考えられる。

歴史の「事実」では、皇軍相撃つ事態を軍幹部が避けようと苦慮したのに対して、天皇裕仁は一貫して討伐を命じた。だが、三島が「恋」と「忠」の心の姿はひとつと考え、「苦痛にみちた自刃は、そのまま戦場における名誉の戦死と等しい、至誠につながる軍人の行為」（「二・二六事件と私」）と考えていた以上、劇中に華子と岩吉の、つまりは天皇と磯部の虚々実々のネゴシエーションが描かれていても不思議はないのである。

美に殉じる詩人の宿命

翌一九五二年には『卒塔婆小町』が発表される。主題は、幻想の美に命を捧げる、虚妄の情熱こそが詩人の本懐だというところにある。敗戦後の巷《ちまた》をさまよう詩人は、幻想世界では小野小町に恋を捧げる深草《ふかくさ》の少将である。深草の少将が恋する小町は、現実の「人生」では、九十九歳のホームレスで、悪臭を放つ老婆である。詩人は幻想の時空に立ち、老婆は現実人生の時空に立つ。

詩人　……そうだ、君は九十九のおばあさんだったんだ。おそろしい皺《しわ》で、目からは目脂《めやに》が垂れ、着物は煮しめたよう、酸っぱい匂いがしていた。
老婆 （足踏み鳴らして）していいた？ 今しているのがわからないの？
詩人 それが、……ふしぎだ、二十あまりの、すずしい目をした、いい匂いのするすてきな着物を着た、……君は、ふしぎだ！ 若返ったんだね。何て君は……。
老婆 ああ、言わないで。私を美しいと云えば、あなたは死ぬ。
詩人 何かをきれいだと思ったら、きれいだと言うさ、たとえ死んでも。
老婆 つまらない。およしなさい。そんな一瞬間が一体何です。
詩人 さあ、僕は言うよ。
老婆 言わないで。おねがいだから。

詩人は「君は美しい。世界中でいちばん美しい」と言って死ぬ。「恋」と「忠」が心の姿においてはひとつであるなら、そこには、一瞬にして壊れてゆく美に殉じる詩人の生の本懐と同時に、戦後世界に生きのびた、献身に値しない生身の天皇裕仁への殉愛が重ねられているとみることができる。〈近代化した謡曲〉という様式の中に、あえて「古典主義」を選んだ芸術家三島は、逆説としての二つの殉教の情念を封じ込めたのである。

執筆年代は前後するが、『近代能楽集』の最後の作品である一九六二年発表の『源氏供養』もまた、芸術家の宿命を描いたという点では相似形である。『源氏供養』の主人公は現代の紫式部ともいうべき作家野添紫である。彼女は光源氏を思わせる、五十四人の女性に愛され、最後に投身自殺する藤倉光という人物を主人公にした『春の潮』というベストセラーを書いた。モデルは紫式部である。作中で光が身を投げた場所には記念碑が建ち、観光スポットになっている。紫はこの記念碑の前に姿を現す。だが、紫は二重の意味で「死んでいる」。第一に、記念碑の前の紫は文字通りがんで死んだ紫の亡霊である。だがそれだけではない。紫は、碑の前で遭遇した観光客二人に対してこう言う。

紫　（……）ええ、生きてゐる人間ぢやありません。尤《もつと》も生きてゐるうちからさうでしたけど。

そこには芸術家は、作品を書くことによって、作品に生命が転移され、命を吸い取られてゆくから、生きているうちから徐々に死んでゆくのだという含意がある。読む者は、紫の死に、虚構で人生を凌駕する特権を持つ芸術家の宿命、あるいは「作為」によって「自然」を凌駕できる芸術家が受け取る対価を感知する。だが、紫との遭遇を幻覚と気づいた観光客たちは、紫を嘲笑しながら、だまされた、文学なんかと縁切りだといって、手に持っていた紫の書いた本を捨てる。
虚構の美に殉じる『卒塔婆小町』の詩人の死が、飲んだくれの死として処理されること、『源氏供養』の作家紫の亡霊が、虚構の美と無縁の「人生」を生きる人々に嘲笑される様は、「恩寵」から見放された芸術家三島自身の自画像のように思われる。

「人間宣言」を発した天皇への反歌

一九五四年には、『葵上《あおいのうえ》』が書かれた。原作は謡曲だが、謡曲の原作は『源氏物語』である。この作品には、六条御息所が源氏に対する愛の妄執から生霊となって、源氏の正妻の葵上を呪殺するという、この上なく有名な原作の構図に対する格別の変更もけれんも加えられていない。

六（六条康子）　ねえ、……あたくし、あなたがもしあたくしよりもずっと若い、ずっときれいな女を好きになって、その人と結婚でもなすったら……。
光（若林光）　そうしたら……。
六　あたくし、別に死なないわ。
光　（笑って）そりゃあ結構だ。

六　でもあたくし、自分は死なないで、その女の人をきっと殺すでしょうよ。あたくしの魂は生きながらあたくしの体を離れて、そのひとを苦しめに行くでしょう。苦しめて、責めて、さいなんで、あたくしの生霊は殺すまで手を緩めないでしょう。そのひとは、可哀想に、毎夜毎夜物怪《もののけ》に襲われて死ぬでしょう。

葵の声（かすかに遠く）助けて！　助けて！

六条御息所は二・二六蹶起将校か特攻隊の少年兵、あるいはそのなり替わりとしての三島由紀夫、若林光は天皇、葵は天皇が「愛した」君側の奸という配置である。葵（葵上）を殺すのが、光（天皇）呪殺の代償行為となっている。これは、後年、『英霊の声』で反覆される呪殺の儀式と相似形だ。

『近代能楽集』はことごとく謡曲からの「本歌取り」である。気の利いたパロディとして読むのが常道であろう。しかし、『邯鄲』から『源氏供養』まで、九作も同じ能楽を原作とするパロディを、三島が執拗に作り続けた共通のモチーフが何なのかは、探ってみるに値するのではないだろうか。また、それを探り当てることが、『近代能楽集』の諸作品を、気の利いた手すさび以上のものとして、別の光を当てて読むための手掛かりにもなると私は考えた。

ここまでに取り上げた五作は、遅れて六二年に書かれ、のちに作者自身の意思で「廃曲」とされる『源氏供養』も含めて、「ドン・キホーテに帰れぬセルヴァンテスの背理」(磯田)を引き受けた「古典主義」の作家としての三島が、ドン・キホーテに帰れなくなった歴史的起源である「人間宣言」を発した天皇に向けて書き続けた、愛憎交々の反歌だと言えるのではないか。『卒塔婆小町』がなぜそう言えるかについては先に述べた通りである。この戯曲を書いた三島由紀夫にとっての詩人もしくは深草の少将の眼差しには、小町と天皇は同一なのである。

『邯鄲』を書いた一九五〇年、三島は『愛の渇き』『青の時代』を発表している。『綾の鼓』を書いた一九五一年には、『禁色』第一部の連載を開始する。『卒塔婆小町』の一九五二年は、『禁色』第二部に取りかかっている。『葵上』を書いた一九五四年には、『潮騒』が書かれる。

この五年、小説家三島由紀夫は、アプレゲール作家の先陣に立っていた。あるいは、三島が自分で定義した「古典主義」の枠内で、「ドン・キホーテに帰れぬセルヴァンテスの背理」を露呈させることなく、戦後という時代を凌《しの》いでいる。「美しい死」への願望、あるいはドン・キホーテたらんとする欲求を内に秘めた作品は、ことごとく、戯曲とりわけ『近代能楽集』の連作として結実している。『近代能楽集』の主題と、小説の扱う領域が、かなり明確に切り分けられているのである。

『近代能楽集』の主題の反転

翌一九五五年に書かれた『班女《はんじょ》』から、天皇への反歌という風情は消える。「古典主義」の原則は守られているし、個々の作品のテイストが大きく変わるというわけではない。しかし、後述するように、天皇への反歌の風情が消えるのと軌を一にして、それまで『近代能楽集』が扱うテーマと、他のジャンルの作品の主題とが截然と分かれていたのが、次第に重なり合いを見せるようになるのである。

『班女』の原作の謡曲は、扇を取り交わした恋人との愛を信じて待ち続け、想いを遂げる女の物語である。三島由紀夫の『班女』は全く趣を異にする。当初の人物設定は原作同様、花子と吉雄は契《ちぎ》り交わした仲であり、交換した扇の記憶が二人をつないでいる。花子は「狂女」となって、ひたすら吉雄を待つ。

花子と同居しているのは、画家の登竜門となる美術展に応募しては何度も落選を繰り返している画家志望の実子である。実子は、花子を自分の許《もと》に置き続けるため、行き別れた花子と吉雄が再会しないよう力を尽くす。しかし、ある日、吉雄は花子の居所を突き止めて花子の前に現れる。だが、吉雄を待ち焦がれていたはずの花子が、吉雄を見てこう言うのである。

花子　（永き間。――頭をかすかに振る）ちがうわ。あなたはそうじゃない。
吉雄　何を言うんだ。忘れたのかい？　僕を。
花子　いいえ、よく似ているわ。夢にまで見たお顔にそっくりだわ。でもちがうの。世界中の男の顔は死んでいて、吉雄さんのお顔だけは生きていたの。あなたはちがうわ。あなたのお顔は死んでいるんだもの。

三島流の「待っていたのはあなたじゃない」である。花子は「現実」もしくは「人生」を生きていない。幻像の中の恋に恋している。戦後の時空からの徹底的な逃避者だとも言える。三島は自作に言及して、こう書いている。

あまりに強度な愛が、実在の恋人を超えてしまふといふことはありうる。……彼女の狂気が今や製錬されて、狂気の宝石にまで結晶して、正気の人たちの知らぬ、人間存在の核心に腰を据ゑてしまったかである。そこでは吉雄も一個の髑髏《どくろ》にしかみえないのである。

（「班女について」）

非在の吉雄に恋し抜いてしまったために、実在の吉雄が髑髏に見える、というのである。非在の吉雄は理想の天皇、実在の吉雄は戦後の天皇、「狂女」花子は三島本人、実子は戦後の時空に自足していて、ただ花子をつなぎ留めたい「生活」次元の三島の親密圏の人々、といったところであろうか。画家を志望しながら落選を重ね、遂に画家になれない永遠の「あすなろ」という、戦後の時空に自足した人間への三島の悪意が生み出した形象とも言えるだろう。

現実の吉雄を拒んだ花子は、皮肉なことに再び実子の手の内に戻る。ただ、花子は、今ではない何時か、ここではない何処かをあくまでも待ち続け、実子は絶対に待たない。実子は今ここ、に一体化して生き、花子は、理想の吉雄が出現するまで、絶対に今ここに一体化しないのである。だが、待っても待っても、理想の吉雄は現れない。「狂女」花子の十五年後が自衛隊での割腹事件だったのである。

「美しい死」を断念した「余生」

一九五七年に書かれた『道成寺《どうじょうじ》』の主人公清子は、花子と違って、敵意を抱いてきた時代との和解を決意する。清子の原型は、謡曲『道成寺』の安珍・清姫の物語の清姫である。謡曲の清姫は、自分を欺いて逃げる安珍を蛇に化身して追い続け、安珍が隠れている道成寺に辿りつき、釣鐘に立て籠《こも》る。三島戯曲の桜山家が道成寺に対応している。先祖伝来の簞笥《たんす》が釣鐘である。

由緒ある大家桜山家では、古物商が財産整理の競売を催している。簞笥には三百万円の値がつく。そこに現れた踊り子清子は、三千円と言った上で、こう語る。

清子 （……）この簞笥は桜山家から出たものですの。（一同動揺）桜山さんの奥さんは若い恋人を、いつもこの簞笥の中に隠していました。その恋人の名は安《やすし》と申します。あるとき奥さんの、嫉妬深いおそろしい御主人が、簞笥の中の物音に気がつきました。そしてピストルをとりだして、外からいきなり射ちました。射って、射って、ものすごい叫び声が静まるまで、簞笥の扉の下の隙間から、静かになみなみと血が流れて来るまで射ちました。ごらんなさい。（ト簞笥の扉をさし）浮彫のあいだにごまかしてありますけれど、これも弾のあとです、これも、ほら、これも。うまくそのあとをつくろって、同じ色の木で埋めていますけれど。

買い手たちは、こぞって競売から降りてしまう。商売の邪魔をされて怒った古物商は、実はその愛人の安と清子も恋愛関係にあったことを暴露する。突如、清子は簞笥の中に入り、中から鍵をかけ籠城する。管理人は、清子が硫酸を持っていることを古物商に告げる。蛇となった清姫が梵鐘《ぼんしょう》に籠る故事に倣《なら》って、清子は梵鐘ならぬ簞笥に立て籠って、硫酸で顔を醜く激変させ、桜山家の競売をスキャンダルにしようとする。スキャンダルの勃発を恐れて古物商は慌てふためく。

だが、やがて清子は綺麗な顔のままで簞笥から出てくる。ここから原作とは全く違った展開となるのである。

清子　（……）勇気がなくなったからではないわ。そのとき私にはわかったの。あんな怖ろしい悲しみも、嫉妬も、怒りも、悩みも、苦しみも、それだけでは人間の顔を変えることはできないんだって。私の顔はどうあろうと私の顔なんだって。

主人（古物商）　ごらん、自然と戦って、勝つことなんかできやしないのだ。

清子　いいえ、負けたのじゃありません。私は自然と和解したんです。

主人　都合のいい口実ですな。

「自然と和解」した清子は、これから競売にきた男の一人の誘いに乗ってデートしに行くと言う。そんなことをしたらひどい目に遭う、という古物商の忠告にも、「どんなことになっても平気」と答えて「風のごとく」去ってゆく。「自然と和解」し、報復を断念した清子には、矜持だの貞操だのは犬にくれてやったも同然だからナンパされても平気という訳だろう。

古物商は、戦前の始末を任された戦後日本の権力、桜山家は日本国家、血染めの衣装簞笥は古い日本の尊厳、登場しない桜山は天皇、もしくは桜山家という非人称の君側の奸、安（安珍）は天皇に命を捧げた特攻隊員、清子は三島である。前章でも触れたように、清子は、己の恨みの無力を悟り、「美しい死」を断念して「余生」を生き続けることを決断するのだ。

民主化と国体護持の二つの顔

一九五九年に書かれた『熊野《ゆや》』の主人公も、謡曲とは全く違って、一見従順に宗盛にかしずきながら、しぶとく小賢しい悪知恵を働かす女として描かれる。熊野は大実業家宗盛の、金目当ての愛人である。故郷に自衛隊員の恋人がいる。熊野は母親が病気と偽って休みを貰い、故郷に帰って恋人に会おうと算段する。しかし、宗盛はどうしても一緒に花見に行こうと言って、熊野の願いを聞き入れない。

実は、熊野の浅知恵は宗盛の部下に全部見抜かれている。母親は病気どころか東京に出てきてのこのこ熊野に会いに来てしまう。男がいることも宗盛に知られてしまう。母親は継母で、死に目に会いに行かなくてはならないような間柄ではなく、実の母は十五の年に死んでいることの調べもついている。

窮した熊野はすべてを母親がついた嘘のせいにして切り抜けようとするが、もちろん宗盛はすべてお見通しである。取り繕うために口をきけばきくだけ嘘の傷口がひろがってゆく。だが、宗盛は熊野を捨てない。すべてを織り込み済みで、熊野のあざといひとり相撲を、「俺はすばらしい花見をしたよ」と言って、熊野を囲い続けるのである。原作の宗盛は平家の将軍、三島の『熊野』では日本を囲い込んだ占領軍アメリカのメタファである。熊野は嘘と媚びで狡猾に生きのびる敗戦後の日本、私には最初に読んだ時からそうとしか読めなかった。

一九六〇年に書かれた『弱法師《よろぼし》』は、俊徳丸が戦災で視力を失った青年にされている。これは、「生みの親」と「育ての親」の家裁での親権争いの物語だ。三島の『弱法師』では、俊徳（丸）は、戦争で視力を奪われ、「美しい死」を死ぬ恩寵から疎外され、「余生」を生きることを強いられた若者である。俊徳は三島本人であるとともに、三島の愛した

「日本」、「生みの親」は「日本」を捨てた日本人、「育ての親」が孤児俊徳を拾った、戦後アメリカの支配の下で富裕になった資産家、あるいは、「生みの親」は日本国家、「育ての親」はアメリカだろうか。家裁の調停委員級子は、国連のような国際機関が体現する戦後世界秩序であろうか。それとも「桜田」という名を与えたのだから『道成寺』同様、戦後に生きのびて超越的な「第三者の審級」の座を横領しようとしている「日本」のメタファなのだろうか。

だとすればこの日本は、アメリカに同調した日本、戦後の国際社会に同調した日本、ということになる。戦禍で視力を奪われた俊徳は育ての親と実の親が〈あったことを無かったことに〉し、級子がそれを承認するのを許せない。だが、力をもつことを禁じられている俊徳にはなすすべがないのである。戦争を放棄し、民主化と国体護持の二つの顔を同時に持つことを許され、「誰からも愛される」日本の半身と、わが目で世界を見る能力を断たれ、異議申し立ての道が閉ざされたことに身もだえする孤絶した残りの半身の全体が戦後日本の実像ということだろう。

「一筋のみやび」としての二・二六

いずれにせよ、失明した俊徳の時間は停止したままだ。

俊徳　僕はたしかにこの世のおわりを見た。五つのとき、戦争の最後の年、僕の目を炎で灼いたその最後の炎までも見た。それ以来、いつも僕の目の前には、この世のおわりの焔が燃えさかっているんです。

だが、親たちと級子はそれを〈無かったこと〉にしようとする。

俊徳　（――間《ま》）君は僕から奪おうとしているんだね。この世のおわりの景色を。
級子　そうですわ。それが私の役目です。
俊徳　それがなくては僕が生きて行けない。それを承知で奪おうとするんだね。
級子　ええ。
俊徳　死んでもいいんだね、僕が。
級子　（微笑する）あなたはもう死んでいたんです。
俊徳　君はいやな女だ。本当にいやな女だ。

終幕、明るい部屋の中で、俊徳はひとり取り残され佇《たたず》んでいる。俊徳は、そっと囁《ささや》く。

俊徳　僕ってね、……どうしてだか、誰からも愛されるんだよ。

「誰からも愛され」る孤独な俊徳は、夭折の「恩寵」から引き離され、世の終わりを胸に刻みながら生きるしかない。敗戦後、「国体」は形の上では守られ、天皇の存在は建前上容認されたが、理想の「国体」は死んでいる。俊徳が「生きる」ということは、「国体」の死に堪えるということしか意味しない。

だが、三島の、従って俊徳の絶望はさらに深い。それは、絶望の淵源が、特攻隊の青年たちの「美しい死」が敗戦で辱《はずかし》められたというにとどまらないからである。晩年、『文化防衛論』の時期の三島は、

西欧的立憲君主政体に固執した昭和の天皇制は、二・二六事件の「みやび」を理解する力を失っていた。

と考えるようになる。三島は「『みやび』は宮廷の文化的精華であり、……非常の時には、『みやび』はテロリズムの形態さえとった」のであり、二・二六こそがそれだったが、

近代天皇制はそうは考えなかったというのである。それは「明治憲法国家の本質が、文化の全体性の侵蝕の上に成立ち、儒教道徳の残滓《ざんし》をとどめた官僚文化によって代表されていた」からだと言う。

桜田門外の変の義士たちが実行した「一筋のみやび」が、明治国家では通じなくなっていたというのだから、アメリカの占領政策の一環として構築された戦後憲法はもちろんのこと、戦前の日本国家からも「文化概念としての天皇制」は疎外されていた、ということになる。三島がそこまで「気づく」のにはまだ年月を要したし、だから、三島はその間、ドン・キホーテとなって風車に突撃するには至らなかったのであるが、俊徳が見たと信じたこの世の終わりの光景は、直観的にそこに届いていたように思われる。つまり、育ての親の川島夫妻はもちろんのこと、生みの親の高安夫妻もまた日本の「文化的精華」と無縁だったということになる。

戦後の終焉が主題化される

『班女』から『弱法師』までの作品は、それ以前と違って、戦後が生み出したものに対する作家の態度・感触が感じられる〈作り〉になっている。『班女』の花子は、理想の愛と実在の相手との落差ゆえに、待ちに待っていたはずの恋人に「待っていたのはあなたじゃない」と絶縁状を突きつける。「待っていた」のは理想の天皇、花子が拒むのは現実の天皇だ。逆に、『道成寺』の清子は、絶対的拒絶を思いとどまる。敗戦日本のシンボルである桜山家の財産処理のための競売に介入した清子は、ぶち壊しを思いとどまり、「自然と和解」したと言って、桜山家の資産を買いつけに来た競売人にナンパされにゆく。

『熊野』の主人公は、金のために宗盛の愛人となり、小賢しく立ち回るが、すべて宗盛の掌の内にある。まるで、熊野は戦後日本の政治と経済を牽引する者たちのように見えるし、宗盛は日本に対して「抑圧的寛容」をもって臨むアメリカのようだ。宗盛の傲然とした懐の深さと、熊野の卑しい猿知恵が浮き彫りにされる。『弱法師』では、戦火に光を奪われた俊徳つまり三島自身の孤絶感と、俊徳を取りまく、生みの親（戦後日本）、育ての親（アメリカ）、調停委員級子（国際社会）への俊徳の激しい拒絶が描かれる。

『班女』と『弱法師』が戦後への拒絶を、『道成寺』が三島自身の戦後の受容を、『熊野』が敗戦を受容して延命した戦後社会のみじめな卑小さを示唆している。六二年に書かれた『源氏供養』は、この連作の文脈に収まらない。三島がのちに廃曲にした理由の一端もそこにあったかもしれない。

『班女』が発表された一九五五年、三島は『白蟻の巣』で、ブラジルにある日本人家族の崩壊を、白蟻に食い荒らされてゆくというメタファで描いている。翌年早々に三島は『金閣寺』の連載を始める。小説のほうで、至高の美への渇仰《かつごう》と破壊衝動を描き始めるのである。

『道成寺』を書いた一九五七年の翌年から、三島は『鏡子の家』の執筆に取りかかる。戦後の終焉が主題化されるのである。『熊野』が書かれた一九五九年には、『鏡子の家』の単行本が刊行されている。一九六〇年は『弱法師』の執筆の年だが、この年は、日米安全保障条約改訂をめぐって「国論」が二分された年であるとともに、十月には山口二矢による浅沼稲次郎社会党委員長に対する刺殺事件が起き、こういう時代背景の下で、三島由紀夫は『憂国』の執筆に取りかかるのだ。三島は「古典主義」を捨てる。『近代能楽集』という、古典主義に不可欠だった様式も必要なくなるのである。

「アメリカの日本」の下で

白井聡は『国体論』で、大澤真幸の「理想の時代」「虚構の時代」「不可能性の時代」という時代区分を援用して、日本近代史は、この三つの時期を二度反復したと論じている。維新から敗戦までが、

Ⅰ.近代化の理想に邁進した「天皇の国民」の時代（維新から「明治」の終焉まで）

Ⅱ.天皇を意識しないで済むかのような虚構を生きた「天皇なき国民」の時代（大正デ

モクラシー、アジア唯一の一等国の時代）

Ⅲ．天皇を国民の側に奪還するという実現不能の自己矛盾を破局まで推し進めた「国民の天皇」の時代（「昭和」の20年間）

に区分される。

敗戦後は、

Ⅰ．復興・成長・国際社会復帰を理想とし、アメリカによって牽引された「アメリカの日本」（占領から高度成長期まで）

Ⅱ．あたかもアメリカが存在しないかのような虚構が可能であった「アメリカなき日本」の時代（安定成長期、バブル期）

Ⅲ．日本によって「偉大なアメリカ」を維持しようとする不可能を試み続ける「日本のアメリカ」の時代（「平成」期）

と区分される。

三島の作家活動は、この区分では「国民の天皇」の破局に始まり、大半は「アメリカの日本」の時期と重なり合う。アメリカの支配は天皇に及び、三島にとっての文化的精華が徹底的に地に堕ちた。この時代に三島は、「美しい死」の「恩寵」に見放された不遇な余生を送った。作家三島の「アメリカの日本」の時代の一貫したモチーフは、ひとことで言

えば、充実した生からの疎外の不遇ということになるが、分類すると、
A．美からの疎外が生んだ、死にきれない「人生」（余生としての現実）
B．不可能の「美」と向き合う者の使命あるいは宿命
C．美の根拠である天皇からの疎外
D．占領が生んだ〈疎外態〉としての戦後の時空
ということになろう。

『近代能楽集』の主題は、そのいずれに対応しているだろうか。A．に『邯鄲』『道成寺』B．に『卒塔婆小町』『源氏供養』、C．に『綾の鼓』『葵上』『班女』、D．に『熊野』『弱法師』が分類されるということになる。

様式は能楽（謡曲）を「本歌」とする、「本歌取り」の一幕物戯曲で統一されていること、直截な私小説的性格とも、あるいは自分史の叙述とも極めて異質な「古典主義」が貫かれている。それが六〇年以降に書かれる作品群との隔絶を特徴づけている。諫死・天皇霊拉奪を目指す最後の「行動」からも遥かに遠い。

この見取り図には、違う読み方が幾らも存在しうる。そういう意味で大澤真幸の言う「重層的決定」の最たるものかもしれぬが、〈こう読める〉物語であることは読者にある程度納得して貰えるのではないだろうか。

「面白くなき世の中を面白く住みなすものは心なりけり」という歌の上の句は高杉晋作、下の句は晋作と深い間柄にあった野村望東尼の作と伝えられている。三島にとって「面白くなき世の中」である戦後という「余生」を「面白く住みなす」ための心には、作品という構築物が必要だった。それには、一見作家自身の「精神性」とは切り離された『近代能楽集』のような形式が最もふさわしかったのだろう。

だが、やがて『近代能楽集』のような様式は、三島にとって必要でなくなる時期がやってくる。それは、三島が自覚する「戦後」のひとまずの終わり、と対応しているのである。

第3章　禁じられたエロスと戦後日本の宿命

国粋主義的言動へのうしろめたさ

三島由紀夫は入隊検査のとき、若い軍医に「肺浸潤《はいしんじゅん》」もしくは「胸膜炎《きょうまくえん》」あるいは「結核の三期」と誤診され、即日帰郷となった。先述したように、父平岡梓の『伜・三島由紀夫』には喜びに溢《あふ》れかえる家族の姿が描かれている。一方、入隊を前にした三島は、前章で紹介した軍国青年風の遺書を書いている。

入隊に当たって遺書を書くことは当時の青年にとって珍しいことではなかっただろう。だが、書いた途端に当面の死の危険が、遥かに遠ざかったという経験は、どこにでもあるものではない。

注目すべきは父親が「肝心の伜のその時の表情だけはどうしても思い出せません」(同)と書いていることである。助かったという歓喜、使命感に基づく緊張、入営する同世代の若者へのうしろめたさ、自己嫌悪、さまざまな心理のアンビバレンスの中にいたと想像されるからだ。しめた、助かった、という思いも確実にあっただろう。父平岡梓の回想はそれを裏づける。

また、奥野健男が『三島由紀夫伝説』の「敗戦まで」の章で書いているように、ただ命が助かったとか兵役の中で受けるに違いない屈辱から逃れることができた、というだけでなく、作家として生きることこそ自分の天職という矜持もあっただろう。同時に天皇に命を捧げる覚悟を語る国粋主義的言動との乖離《かいり》に対するうしろめたさや、出征する者たちへの罪の意識から「合格して出征し、特攻隊に入りたかった」と言ってもいたという、父の証言も嘘ではあるまい。自己嫌悪の極限を小説として書いたのが『仮面の告白』の次の叙述である。

何だって私は微熱がここ半年つづいていると言ったり、肩が凝って仕方がないと言ったり、血痰が出ると言ったり、現にゆうべも寝汗がびっしょり出た（当たり前だ。アスピリンを嚥んだのだもの）と言ったりしたのか。なんだって私は即日帰郷を宣告された時、隠すのに骨が折れるほど頬を押してくる微笑の圧力を感じたのか？　なんだって私は営門を出るときあんなに駆けたのか？　私は希望を裏切られたのではなかったか？　うなだれて、足も萎えて、とぼとぼと歩かなかったのは何事か？

これは小説だから、直接事実を告白したものではないが、同世代の読者は、ここに三島の徴兵逃れの真実を見た。ここで三島ははっきりと、たまたまかかった感冒を奇貨《きか》として召集を免除されるために、さまざまな嘘をならべたて重症結核患者のように演技したことを、そして即日帰郷を命ぜられるや、嬉々として営門から逃げかえったことを告白している。

三島が、あるいは平岡公威青年が時流に押し流されてきただけの、思想も世界観も抱かない凡庸な若者であったのなら二十歳のときに何をしようが責任を問われるまでもない。だが三島はすでに若くして一個の強固な思想を持ち、日本浪曼派の影響下で小説家として一歩を踏み出していた。『花ざかりの森』が蓮田善明に高く評価されて『文藝文化』に連載され、単行本も刊行されていた。三島は、自分の言動にも作品にも責任を持たずにはすまされない〈年若い大人〉であった。

戦争の大義を説き、国に殉じて命を捨てると公言した以上は、仮病で兵役逃れをすることは疚しい行いであった。文学の同志たちも皆、国家の危急存亡の秋《とき》には命を捧げることを旨とする人々だったのである。

「大東亜戦争」開戦の「解放感」

作家三島由紀夫を発見した蓮田善明は第1章で触れた通り、日本精神を侮辱した連隊長を射殺して自裁した人物である。三島が敬愛していた、日本浪曼派最高の詩人伊東静雄は、「大東亜戦争」の開戦に際して蓮田にこんな書簡を送っている。

…大詔《たいしょう》を拝してより後、こころまことに爽やかにゆたけく、十年の鬱屈（……）今は雲散する心地であります。それにつけてもこの数年の、もっとも悪しき思想の時期に、挺身して、その支へになった友人達を持ち得て、それに随伴《ずいはん》してきた光栄を思ふこと切であります。ますます御健昌を祈り、鈍根《どんこん》を導き給はんことをお願ひして、新しい年を迎へる慶詞《けいし》にかへます。

（一九四一年十二月三十一日）

「大詔」とは、言うまでもなく「大東亜戦争」宣戦布告の詔書である。それが「爽やかにゆたけく、十年の鬱屈……今は雲散する心地」だというのである。「大詔」が下って「大東亜戦争」が始まると、伊東静雄だけでなく、欧米文明による世界支配に強い疑いを抱いてきた多くのナショナリストは快哉《かいさい》を叫んだ。開戦に際して中国文学研究会が発した声明は、

歴史は作られた。世界は一夜にして変貌した。われらは目の当たりにそれを見た。感動に打ち震えながら、虹のように流れるひとすじの光芒の行衛《ゆくえ》を見守った。

と書き始められている。無署名の声明だが、起草者は竹内好だと知られている。竹内好は日本浪曼派の領袖《りょうしゅう》保田與重郎と高校が同期で、当時、共通の思想的空気を呼吸していた。欧米の文明に対抗してアジアを興すことに情熱を燃やしていた当時の「誠実な」ナショナリストは、日中戦争に対して、連帯すべきアジアを侵略している、という重苦しい負い目を感じていた。

軍部はもっぱら、国共合作して「抗日戦」を闘う中国と敵対し、中国東北部には満州国という日本の傀儡国家を作り、蔣介石と対抗して汪兆銘に南京政府を作らせ、大陸に版図《はんと》を拡大して行った。こうした事態を非倫理的と思う人々は少なくなかった。しかし、言論の自由はなく、それが「十年の鬱屈」の原因となっていた。それゆえ、日本がアメリカと戦端を開いたことが、異常なまでの解放感を醸成したのである。

大東亜解放の大義という、いまでは空語としか思えない名分が、日本軍の中国侵略の持続と、対米戦への躊躇を苦々しい思いで堪えて来た、若い「良心的な」知識層の鬱屈を、日米開戦によって一掃したのだった。伊東静雄や蓮田善明は、開戦の解放感を味わった知識人の典型であった。

この時代に「良心的」であるというのは、反戦・平和ということではない。欧米先進国の覇権や、これと誼を通じている支配階級と軍部エスタブリッシュメントのためにではなく、植民地や従属国や自国の最貧層の立場に立って、欧米の覇権と闘おうとする立場のことである。だから彼らは、大東亜共栄圏とか五族協和とかいうスローガンに生真面目に本気で引き寄せられた。日米開戦によって中国への掠奪と植民地支配の犯罪が清算されるという幻想さえ蔓延《まんえん》していないわけではなかった。

尾崎秀実《ほつみ》たちの諜報活動は、中国の日本軍が、「南方」へ進むのか、ソ連領に向けて「北進」するのか、その動向を逐一ゾルゲを介してソ連に伝えるとともに、首相の近衛文麿に働きかけて「北進」をやめさせる一方、米英との緊張を高めることによって、中国侵略を抑止する方向に戦争の性格を誘導する戦略の一環だったと言うことができる。また、彼らは内政では、大政翼賛会に「一君万民」の統治実現の「希望」を託していた。

現実には、「大東亜共栄圏」「五族協和」「大政翼賛」などの同じスローガンによって、自らの権力に知的基盤と大衆的基盤が存在するかのように装う軍の中軸が実権を掌握し、戦争目的を中国支配と連合国（米・英・仏・蘭など）との植民地と石油資源などの争奪戦に純化していったのだが、その全貌が明らかになるには敗戦のあと長い年月が必要だった。

「恐ろしい日々がはじまるという事実」

「大東亜戦争」を「聖戦」と信じてきた彼らは敗戦を、侵略戦争の〈失敗の帰結〉とは考えなかった。彼らにとっては「大東亜解放」のために神である天皇に命を捧げる志で闘った〈大事業の敗北〉であった。それゆえ、生き残った者たちの中には、敗北の打撃から廃人状態ないしそれに近い放心に陥った者も少なくない。

先に触れたような経緯があったにせよ、三島由紀夫も、「聖戦」の夢を実現しようとしていたことは疑い得ない。だからこそ、敗戦のあとの虚脱もまた深かった。だが、三島はそのことを直截に述懐はしていない。むしろ三島は平然とこう書く。

……涙は当時の私の心境と遠かった。新しい、未知の、感覚世界の冒険を思って、私の心はあせっていた。

（「八月十五日前後」）

奥野健男は、これが三島の本心なら、自分は三島を許さないとしながら、実は『仮面の告白』の中の、米軍機が撒《ま》いた伝単《ビラ》で日本の降伏の事実を知った主人公の心象を描いた次の一節こそ、「二十歳で死ぬという宿命のもとにすべてを計画していた」三島の、敗戦の心情であっただろうと記している。

それは敗戦という事実ではなかった。私にとって、ただ私にとって、恐ろしい日々がはじまるという事実だった。その名をきくだけでわたしを身ぶるひさせる、しかもそれが決して訪れないといふ風にわたし自身をだましつづけてきた、あの人間の「日常生活」が、もはや否応なしに私の上にも明日からはじまるという事実だった。

三島の戦後は、ここからはじまった。いまさら死ぬ勇気もないし機会もなく、本当のところ何を考えているのか、何をしたいのか、自分でもよくわからない以上、他者に見透かされる像に合わせて自己の像を凍結して「みせる」ことが必要だった。他者に見え、感じ取られるのは「仮面」と言えば「仮面」だが、「仮面」の下に別の何かがあるわけではない。

このような「凍結」が強いられることは過酷な経験である。だが時間はもっと残酷で、「凍結」さえも許さない。どんなに拒んでも「日常生活」は必ず戻ってきてしまう。その日常の中で、三島が作家であり続けようとすれば、「凍結」を維持しながら日常に堪える創作上の方法を持たなくてはならない。

先に触れたように、その格闘から生まれたのが『仮面の告白』であり、それが強いた緊張に堪え続けないで済むために三島は自身の「古典主義」を発見した。それは、ほかの作家にとっての古典主義とは違った、逆説と冒険に満ちた方法であった。しかし、何はともあれ、一九五〇年代のうちは、鷗外とトーマス・マンを、方法的防護壁に、ベタな「私」の告白からも、作家主体が作品に責任を負わない通俗性からも、三島を免れさせたのだ。

禁じられたエロスへの耽溺

これは『三島由紀夫伝説』で奥野健男が論じているように、かなり際どい芸当であり、これ以上はない自覚的偽悪とでもいうべきものだったろう。一九四八年、三島は法務省を退職して作家生活に入り、四八年には『仮面の告白』を執筆する（刊行は四九年）。『仮面の告白』の主人公は、ひよわな、行動から疎外された虚弱な肉体を、嫌というほど自覚しながら、「逞しい肉体を傷つけることに陶酔を感じる異常な妄想」（奥野健男『三島由紀夫伝説』）を抱く同性愛者である。彼は、冷徹な自己分析と周囲への周到な対応によってノーマルな異性愛者を演じきってゆく。奥野健男は『仮面の告白』を「人間の性欲、リビドーの本質をきわめて冷静に正確に把握認識し、それを幼児期の記憶、環境にまで遡って、そのよって来たる原因を、まるで科学者のように精密に分析し、（……）文学化した」と評価した。

矢は彼の引締まった、薫り高い、青春の肉へと喰ひ入り、彼の肉体を、無上の苦痛と歓喜の焔で、内部から焼かうとしていた。しかし流血はえがかれず（……）その物静かな端麗《たんれい》な影を、あたかも石階に落ちている枝影のやうに、彼の大理石の肌の上へ落としてゐた。

この描写のあとに、主人公がはじめて自慰する姿が描かれる。それは決定的な「クィア」の自覚の誕生の描写である。私が「クイア」と言ったのは、それが単なる同性愛者としての自覚にとどまらず、性的少数者の中の極限的少数者であるからだ。読んでゆけば明らかなように、画集の中の「聖セバスチャンの殉教」を見た恍惚感から射精する十三歳の主人公は、単に虚弱なからだをもったサディストであるというにとどまらず、矢で射られたセバスチャンに自分が一体化して傷つけられ死に至らしめられることに陶酔するマゾヒストでもある。重要なのは同性愛者であることではない。加虐か被虐かでもない。その恍惚が、自他双方の苦痛を媒介にした、禁じられたエロスの奥底への耽溺であることだ。

近江という上級生も、肥桶《こえおけ》を担ぐ青年も、主人公が欲情するのは、この恍惚への耽溺を誘い出す対象に対してである。どの場合にも、その対象を犯す欲望と、その対象から犯される欲望が一体になっている。それを冷徹に対象化している。そのまなざしの射程はかなり空恐ろしいものだ。磯田光一は作中の次のくだりに着目した。

妹が死んだ。私は自分が涙を流しうる人間であることを知って軽薄な安心を得た。園子が或る男と見合をして婚約した。私の妹の死後、間もなく彼女は結婚した。肩の荷が下りた感じとそれを呼ばうか。私は自分にむかってはしゃいでみせた。彼女が私を捨てたのではなく、私が彼女を捨てた当然の結果だと自負して。

「私」の矜持は著しくゆがんだ、無残なものだ。深い悲しみにかられて涙を流す人間であるという事実に対する自己認識への「安堵」さえ、シニカルにしかなしえない。自分がホモセクシャルであることが園子の訣別の理由の根幹であるのに、捨てられるのは沽券にかかわるから、自分が園子を捨てたからほかの男と結婚したのだと無理にでも了解することで傷つけられずに済む、「私」はそういう度し難いプライドに支えられた人間として描写される。この冷徹な自己客観化は妖気を放つ。磯田光一は言う。

『仮面の告白』には意外なほどの悲痛なひびきが籠っている。涙を軽蔑せずにはいられない理知の不幸を背負いながら、その不幸な宿命への、せつなくも深い慟哭が、そこにある。作中の「私」の背負っている「男色」という宿命も、この世の健康な営みを拒まれた人間の、不可変の運命の象徴と見られよう。

（『殉教の美学』）

花田清輝と三島由紀夫

問題は三島が〈自覚〉した、世界と、そこから拒まれている自己との、絶望的な宿命とでも名づけるほかない関係意識の持ちかたである。花田清輝は、恐らくそれを直観して、『仮面の告白』を、「顔」を失った、太宰などよりも遥かに悲劇的な世代の、「己の顔を明らかにするため」の「仮面」による「告白」だと言い、次のように絶賛した。

「失われた世代《ロスト・ゼネレーション》」は、おのれの顔もまた失っており、顔の代りに、かれらの所有しているものといえば、つめたく、かたい、仮面だけなのだ。仮面の表情は、理知的であり、非情冷酷であり、傲慢不遜であり……いささか悪魔的でないこともない。はたしてかれらは、このような仮面を、仮設として、いかなる顔を発見するであろうか。……顔を発見することは不可能かもしれない。……しかし、失敗を覚悟の前で、今日の若い世代は、架空の顔を求めて、無限の可能性をはらむ未知の世界に、勇敢に踏み出してゆく。（中略）鷗外や太宰と、三島由紀夫とのあいだには断絶がある。かれは、全然、あたらしいのだ。そうして、ここから、ようやく、文学の領域において、半世紀遅れ、日本の二十世紀がはじまるのである。

（花田清輝「聖セバスチャンの顔」）

花田の批評には戦略的なものを感じる。花田は、三島という作家を、顔もない、だから告白もできない理知の仮面に徹底的に一面化することによって、『仮面の告白』を、同時代の作家たちの作品に対する批評の指標あるいは確固たる参照項にしようとしたのだろう。花田清輝と三島由紀夫、奇妙な取り合わせと思う人もあるだろう。だが、それはことが終わった時点からの回顧の視野に立つからだ。当時、三島は、己が身を置く世界から拒まれているという〈痛み〉の中にいた。その〈痛み〉が生み出した最高度の虚構として『仮面の告白』が書かれた。そのあたらしさに批評のことばで応えたいと花田は考えた。敗戦後でなければありえない作品であり、敗戦後でなければありえない出会いであろう。

一読して明らかなように、そこには、天皇への恋闕も、呪詛も直截には語られていない。ただ、後年、三島を「行動」に駆り立てた「不幸な宿命への、せつなくも深い慟哭」と、「この世の健康な営みを拒まれた人間の、不可変の運命」の自覚はすでに芽生えている。いやむしろ、すべての始まりはここにあったと言うべきかもしれない。

ギリシャで身をもって体験した同性愛

次に書かれた長編『禁色』は、タブーが崩壊し超自我の抑圧が解除された時代であったがゆえに可能とされた『仮面の告白』という「同性愛小説」の試みのさらなる飛躍だった。ストーリーの骨格は次のように展開する。

檜俊輔という老大作家は、生涯、女に裏切られ続けて来たことへの怨念を抱えている。最後に俊輔を拒絶したのは康子という美しい若い娘だった。康子の許嫁南悠一はギリシャ彫刻のような美青年だが女に性欲を感じない。俊輔は悠一を使って、康子や、かつて自分を美人局《つつもたせ》に嵌《は》めた鏑木元伯爵夫人、俊輔の求婚を拒んだ穂高恭子など、自分の傷の原因となった女たちへの復讐を計画する。俊輔はまず、康子への復讐のために、金に困っていた悠一に資金を提供する見返りに、女を愛せない悠一を康子と結婚させる。俊輔の悠一を使った復讐計画は次々に成功してゆく。ここまでが第一部である。

やがて俊輔は、復讐の手段として操作してきたつもりだった悠一に自分が恋してしまったことに気づく。他方、悠一は、俊輔に操られて女を傷つけることの繰り返しにケリをつけたいと考えるようになる。また、悠一は俊輔の復讐の対象である鏑木夫人を愛するようになる。悠一は俊輔との関係の清算を決意して俊輔のもとを訪れる。悠一が俊輔の手を離れたことを知った俊輔は、全財産を悠一に譲ると遺言し、悠一の眼前で自殺する。これが第二部の結末である。

この作品には、「私」は登場しない。そこに『仮面の告白』の方法との決定的な違いがある。記述者の三島は、作中の誰とも自己を重ねない。もちろん、檜俊輔は、未来の老いたる三島由紀夫の面影も漂わせているが、決して二人は同一化しない。それでもまだ、第一部の俊輔は、「作家」として「精神性」の喜劇を演じつつ、美の創造者、物語の演出者の役割を演じる。俊輔は悠一を使って、次々と報復を果たす。ここで第一部が終わる。ここまでの俊輔と三島は、その限りで同一化していると言えなくはない。

だが、俊輔は絶対美である悠一の外にいるしかない。三島はさらにその外に立つ。第1章でも言及したように、三島には終生、美の創造者であるとともに、美そのものと一体化したいという止み難い欲求があった。第二部では三島のその欲求が作品に投影される。『三島由紀夫の世界』の著者野口武彦は、『禁色』の解説の中で、第一部から第二部への飛躍を次のように描き出す。

初めての外遊からの帰還後に書き継がれた第二部のことを作者はみずから「第一部と截然とちがっている」(『私の遍歴時代』)といって自負している。外遊中に滞在した「あこがれのギリシャ」から得た「美しい作品を作ることと、自分が美しいものになることとの、同一の倫理基準の発見」が『禁色』第二部に何らかの新しいモチーフを与えたことは事実だろう。

悠一は「現実生活」において生き長らえる。これと対応して、自然から疎外されてこそ成り立つものと三島が考えていたはずの芸術家という存在が、『道成寺』の清子同様、自然と和解して生きることを選ぶという発想が生まれる。三島は俊輔から悠一に自己を投射する対象を移した。それは内面から外面へ、三島の関心の転換を意味した。

それかあらぬか第二部の主要な事件は、悠一が男色家でありながら妻との家庭生活を堅持し、もはや「作品」ではなく「現実の存在」と化することによって構成される。(野口、同)

一部と二部の間に三島はギリシャに旅行した。このとき三島は、同性愛を身をもって経験し、またその恐ろしさを見聞したに違いないと奥野健男は述べている。またこのとき三島は、奥野の言う「精神性皆無の肉体の美だけのギリシャ的明晰さ」という意味でのヘレニズムの世界に触れる。それが、三島が「私の遍歴時代」で言う「私の必要としたギリシャ」だった。三島が追い求める悠一の美のイメージは、それによってさらに鮮明になった。その結果、「精神性の喜劇」に対する批判という主題は後退することになる。人物配置上は悠一が前に出て俊輔が後景化する。

「自明性の破壊」という意味での政治性

だが、それは、必ずしも成功したとは言えない。外面のみで構成されるはずのヘレニズム的美の化身であるべき悠一が、「精神性」に満ち溢れた、それゆえいじましく生活の匂いの立ち込めた、半ば三島が否定したい人物像として描かれる結果となった。三島は俊輔を悠一に取り換えただけになってしまった一面を否定できないのである。

しかし、『仮面の告白』を絶賛した花田清輝は、同性愛小説を素朴に忌避する作家たちや、三島の新しさに対して鈍感な批評家に対して、「男色というものが一つのプロテストとして出されている」（「創作合評」、『群像』一九五一年十一月号）と、断固として『禁色』を擁護した。

確かに、『仮面の告白』も『禁色』も、ホモセクシャルの世界が、単なる好事家の趣味としてでなく、「この世の健康な営みを拒まれた人間の、不可変の運命」を主題とする作品として、大手を振って文壇に罷《まか》り通り、作家も、批評家も、読者も、既存の自明性を根底から揺さぶられ、この、公序良俗に照らしてみれば「不謹慎」この上ない作品に対する自身の立場を明らかにせざるを得なくさせられたということだけで、十分に〈政治的〉な出来事だった。〈政治的〉とは、自明性の破壊のことである。それはマルクスの言った〈すべてを疑え〉の精神に通底する。磯田光一が、次のように言うのは正鵠《せいこく》を射ている。

本多秋五氏は三島氏を「革命的政治なんぞには何の興味もない作家」と規定しているが（『文藝』昭和三十八年十二月）、私は、三島氏が実践的革命思想をもたないからといって、三島氏を非政治的な作家だとは考えない。マルクス主義の影響下に育って、修正マルクス主義のワク内で政治を考えることに慣れている人々の盲点を突くことも、私は十分にラディカルな政治行為であると考える。

（磯田、同前）

磯田の言う〈政治的〉とは世界に対する批評的関与の姿勢のことである。二十世紀の代表的な演出家兼劇作家だったベルトルト・ブレヒトは、描き出す対象に対して同化することによって人々を感動に導くことに価値を見いだしたアリストテレスの美学を批判し、対象と距離を取り、観客にも作品世界に距離を取って批判的にかかわることを求めた。そういう態度を「同化」の反対語である「異化」と呼んだ。自明性の破壊と言ってもよい。ただ〈政治的〉作家三島由紀夫は、左翼でもマルクス主義者でもなかった。三島は、生身の天皇を憎悪しながら、〈天皇の世〉を実現したいと夢想する戦後の文壇の異端であり、思想的にも人格的にもセクシャリティにおいても絶対的少数者だった。

大江健三郎出現の予兆

だが、野口武彦が「悠一が俊輔の遺産相続人になるという、皮肉ではあるが幸運でオプティミスティックな結末は、作者が戦後文学の世界の中に、うちに『異常』さを秘めたままでそれなりに定位されたこととひそかに対応するようにわたしには思われる」(同前)と言うように、『禁色』の成功は、極限的異端作家の、文壇との和解を通した戦後社会との和解のプロセスでもあったことは否定できない。

『禁色』第一部の連載の時期と並行して、『愛の渇き』『青の時代』が書かれている。『愛の渇き』は、悦子という女性の嫉妬による殺人を描いた作品である。奥野健男によれば「嫉妬に殉死しようとする」女の〈闘い〉の物語である。それは、嫁ぎ先の杉本家の非倫理性と俗物性への復讐であり、三島由紀夫の平岡家への復讐に重なると奥野は言う。『青の時代』は光クラブの山崎晃嗣の破滅を批判的に、しかし、異端への敬意をこめて描いた作品である。光クラブとは、山崎が起こした非合法の金融業で、『仮面の告白』とは別の意味で、敗戦後のタブー解体・超自我喪失の状況における「アプレゲール」の、既存秩序への挑戦であった。きわめて哲学的・観念的な、法との闘いを挑んだ自意識の塊のような山崎は、現実の法の網に取り囲まれて敗北し、自殺する。

いずれも『仮面の告白』を書いた三島が、〈その後〉を模索しつつ書いた作品である。一人称体でなくても、物語の主人公はひとり、しかも、どこかしら、三島の「仮面」の面影が重なっている。主人公の描かれ方には「精神性の喜劇」と名づけた、切迫した自己批評の面影が宿っている。

『禁色』第二部の後には、『鍵のかかる部屋』（一九五四年）と『潮騒』（同）が書かれる。〈生きる決意〉に基づいた大家への途には、通俗的古典主義にほぼ徹した『潮騒』が相応しい。逆に、『鍵のかかる部屋』は、大家として生き延びるには相応しくない「精神性」

に拘泥《こうでい》する人間の内面の「喜劇」への批判の発展ともいうべき作品である。
三島は、若い高級官僚児玉一雄の、時代に対する鬱屈の重圧が生み出す妄執を描いた。核心をなすのは、不倫相手の東畑桐子の娘（実は女中の子）である幼女を児玉一雄が凌辱する幻想の場面である。「古典主義」を旨としていたはずのこの時期の三島の〈鬼っ子〉のような、スキャンダラスな記述に満ちた作品である。奥野健男の『三島由紀夫伝説』によれば、これは、奥野健男の勧めで始めた試みだったようだが、あれは失敗だった、以後一切、この種の小説は書かないと奥野に書き送ったという。その一方で、この小説を『鏡子の家』の原型だと自認もしているし、三島はこうも書いている。

こんなことを言ふのは気がさすけれども、私の作品群で、大江健三郎氏の出現の予兆をなすやうな作風のものは、これ一作であると思ふ。

（「あとがき」『三島由紀夫短編全集5』）

『鍵のかかる部屋』の主題と文体を発展させるのは大江健三郎の領分だという自己認識であろうか。たしかに、荒廃した戦後社会の倒錯した人間関係を描いたこの作品は、程なく新人としてデビューする大江健三郎の作品世界とよく似ている。三島も書いている通り、初期の大江の先駆と言ってもよい。文体も全然古典主義的ではない。奥野健男が言うように、『禁色』からの脱出すべき方向を示唆しているとも言える。しかし、『鍵のかかる部屋』の更なる展開を勧める同世代の親しい批評家奥野健男の忠告に従ってしまうと、自分が決意して選んだ方向と全く違う方向に進むことになる、と気づいたのではあるまいか。

至高の愛の対象を破壊する

三島由紀夫は『金閣寺』（一九五六年）の方へと歩んでゆく。『金閣寺』は次のような物語である。

吃音《きつおん》を抱えた孤独な青年「私」（溝口）は戦時下、金閣寺の住職を頼って寺で働くようになり、かつて父が讃えていた金閣の美とは別の、金閣の悲劇的な美を再発見する。戦時下の「私」は金閣と自分は同じ世界に生きているというエロス的一体感を抱くことができた。だが、敗戦後、友人の柏木から世話された女を抱こうとしたとき、金閣が現れて女を抱けなくなる。敗戦で金閣とのエロス的関係が消えたというにとどまらず、金閣は自分が女を抱くことを妨げる存在として立ち現れるのである。似たような経験を二度繰り返し、「私」は金閣を憎悪するようになる。

折しも、女郎買いに現《うつつ》を抜かす金閣寺の破戒住職との関係が壊れて、後を継げる希望もなくなった。ある日、金閣を焼かねばならぬ、という啓示を受けた「私」は、龍法寺の禅海和尚にそのことを示唆し、暗黙の承認を得たと信じて、放火を決行する。「私」は金閣最上階の究竟頂《くつきようちよう》で死のうとするが、扉が開かなくて辿りつけなかった。そのため〈金閣に拒まれている〉と感じた「私」は、死を諦めて生きることを選ぶ。

『仮面の告白』のような「私」を主語とする語りに立ち戻りながらも、文体だけは鷗外、トーマス・マンの古典主義の規範を守っている。むろん、描かれている世界は、病んだ、倒錯の極限というべき主人公の「内省」の振幅に対応する彷徨である。

決行直前まで「私」の決意は揺れている。「行為の一歩手前」で、「私」は金閣を眺める。闇の中に立つ金閣を見て「私」はその美しさに打たれる。

それにしても金閣の美しさは絶える時がなかった！　その美はつねにどこかしらで鳴り響いていた。（……）いたるところで私は金閣の美が鳴りひびくのを聴き、それに馴れた。音にたとえるなら、この建築は五世紀半にわたって鳴りつづけて来た小さな金鈴、あるいは小さな琴のようなものであったろう。その音が途絶えたら（……）

いまさらのような逡巡《しゆんじゆん》が「私」を襲う。そんな「私」の背中を決行へと押すのは『臨済録』「示衆」の一節である。経典は言う。

仏に逢《お》うては仏を殺し、祖に逢うては祖を殺し、羅漢に逢うては羅漢を殺し、父母に逢うては父母を殺し、親眷に逢うては親眷を殺して、始めて解脱を得ん。

金閣破壊を改めて決意した「私」は金閣に火を放つが、燐寸《マッチ》がうまくつかないほどの慌てふためきかたである。「義」の行為であるはずなのに「慄えて」いる。『卒塔婆小町』の詩人が、死を覚悟して、虚構のリビドー対象に「君は美しい」と愛を告白するのと逆に、『金閣寺』の「私」は、至高の愛の対象を破壊するのだ。

重要なのは、至高の愛の対象と一体化することや、愛の対象に自己を生《い》け贄《にえ》として捧げることと、至高の愛の対象を破壊することとが、三島のエロスの中ではひとつに重なり合っており、愛と己の死と愛の対象の死は別のことではないということである。グイド・レーニの絵画『聖セバスチャンの殉教』に欲情したときからの三島のエロスと美意識は、生涯変わっていない。

金閣寺は何のメタファか

「私」は、究竟頂で死ぬことを思い立って、階上への上り口の扉を開こうとする。しかし、扉は開かない。

私は力の限り叩いた。手では足りなくなって、じかに体をぶつけた。扉は開かない。潮音洞はすでに煙に充たされていた。足下には火の爆ぜる音がひびいていた。私は煙に噎せ、ほとんど気を失いそうになった。咳き込みながら、なおも戸を叩いた。扉は開かない。

ある瞬間、拒まれているという確実な意識が私に生れたとき、私はためらわなかった。

究竟頂への途が絶たれていることを知った溝口は、死を思いとどまり、身を翻す。燃える金閣の見えない場所まで駆けてきた「私」は金閣の空を眺める。

ポケットをさぐると、小刀と手巾《ハンカチ》に包んだカルモチンの瓶とが出て来た。それを谷底めがけて投げ捨てた。
別のポケットの煙草が手に触れた。私は煙草を喫んだ。一ト仕事を終えて一服している人がよくそう思うように、生きようと私は思った。

「天国への裏階段」を持つ特権から見放された「私」が、死ぬことではなく、金閣なきあとも「余生」を生きる決意をするのである。作者が、「私」をして、自殺を思いとどまらせたことは、あるかなきかの未来を見据えて、モラトリアムを選んだということを意味するだろう。ここでは死なない、だが、いつかは死ぬ。死ぬときには、リビドー対象つまりは愛憎の対象である至高の美である金閣は「私」と「道連れ」である。

ところで、金閣とは何のメタファなのかをめぐっては様々な議論がある。磯田光一と奥野健男は金閣を「私」の「現実参加」を阻害するものととらえている。田坂昂と野口武彦は戦後世界そのものの表徴だと言う。柴田勝二は、アメリカが滅ぼすべきであったものの延命の表徴だと示唆する。日本の敗戦時にアメリカが滅ぼすべきだったものとは、欺瞞的天皇制であろう。伊藤勝彦はもっと直截に金閣と三島は、〈天皇と私〉という関係に対応すると述べている。

三島の「現実参加」を阻止している抑圧とは、奥野によれば、直接には平岡家という自分の出自である。三島にとって出自が呪わしいのは、それが戦後世界での生き難さの起源であるからにほかなるまい。また、磯田の言う「孤絶」も、戦後世界が三島に強いた苦痛である。いずれにしても、「現実参加」を阻んでいるのは、三島にとって非和解的な戦後世界にほかならない。この非和解性の根源が、三島の一貫した愛憎の対象である天皇と関係がないということはありえない。三島の天皇は、ときとして己のすべてを捧げる恋闕の対象であり、ときとして最も激しい破壊衝動の対象である。それと金閣への愛憎が重なり合っていない訳がないではないか。

大江健三郎と三島由紀夫

先に触れた『鍵のかかる部屋』は大江健三郎の先駆だと三島自身が述べたように、イデオロギー的立場の違いをこえて、大江のモチーフと響き合うものがある。アメリカの支配がもたらす屈辱感、アメリカの支配に迎合する人々への嫌悪、それを覆せないことへの激しい苛立ち、つまりは自分にとっての敗戦後の世界との非和解性と、その非和解的であるはずのものとの迎合への自己嫌悪とでも言えばよいだろうか。幾つかの大江作品を見ておこう。

『人間の羊』（一九五八年二月）では、バスの中で、米兵にズボンを脱がせられ尻を殴打され続けるという理不尽な暴行に堪え抜いた当事者であるがゆえにその屈辱を他者に知られたくない「僕」と、警察への届け出と告発を「僕」に求め続け、拒むと遂には脅迫するに至る、被害にあわなかった「善意」の教師の相克が描かれている。占領者の傲慢、屈辱を与えられた当事者の重く暗い羞恥、傍観者の鈍感な「良心」および「正義感」の対比が鮮明だ。

『芽むしり仔撃ち』（一九五八年六月）のストーリーは次のようなものだ。「僕」をはじめとする感化院の少年たちが集団疎開先で強制労働に従事させられている。その村で疫病が発生し、村人たちが極秘裏に退避した。少年たちはその土地に、村を出なかった孤独な少女や、朝鮮人部落の少年や、朝鮮人部落にかくまわれていた脱走兵とともに、自由の王国を築こうとする。しかし、やがて帰還した村人たちと闘うことになる。闘いに敗れ、脱走兵は虐殺され、少年たちは座敷牢に監禁される。少年たちの村での「狼藉」を少年院の教官に黙っていてやる代わりに、疫病が蔓延した事実を言うな、という取引を村長から要求される。少年たちは抵抗するが次々切り崩され、「僕」だけが拒否を貫く。「僕」は村から追放される。

村から追放されるということは、村人によるなぶり殺しお構いなし、ということだろう。凶状持ちの少年たちにとって日本社会の基底を形成している共同体とは何かを端的に開示する作品である。先だって書かれた『飼育』(一九五八年一月)の主題もまた、そこに通じる。ともに時期の設定は戦争末期だが、作家の眼差しは〈今〉に向いている。

『不意の唖《おし》』(一九五八年九月)では、谷間の村での、村人による外国兵と日本人通訳に対する復讐が描かれる。外国兵たちの日本人通訳が、突然村に休憩にやってくる。川で泳いだ通訳が靴をなくす。靴を村人が盗んだと言い張って通訳は執拗に犯人捜しを続け、村人の非協力に怒った外国兵が「部落長」の男性を射殺する。殺された男の息子が、通訳を誘い込み、川に沈めて溺死させる。翌朝やってきた外国兵は、村人がまったく協力せず、誰ひとり口をきかないため、自分たちで溺死体を引き上げジープで立ち去るしかなくなる。殺人には殺人をという、非合法で、報復必至の、敗戦国民の占領者への束の間の小さな勝利が描かれている。

『われらの時代』(一九五九年四月)は、理想と実態が乖離した政治運動、幼稚なテロ、へテロ・セクス、ホモセクシャル、金銭的欲望、上昇志向などが混在する戦後社会で、身もだえしながら空疎な「青春」を生きる群像を描いた小説である。物語の展開は複雑なので、作家が主題を明示的に語っている小説の末尾の叙述を引用しておく。

《おれたちは自殺が唯一の行為だと知っている、そしておれたちを自殺からとどめるものは何ひとつない。しかし、おれたちは自殺のために飛び込む勇気をふるいおこすことができない。そこでおれたちは生きてゆく、愛したり憎んだり性交したり政治運動をしたり、同性愛にふけったり殺したり、名誉をえたりする。そしてふと覚醒しては、自殺の機会が目の前にあり決断しさえすれば十分なのだと気づく。しかしたいていは自殺する勇気をふるいおこせない、そこで遍在する自殺する機会に見張られながらおれたちは生きてゆくのだ、これがおれたちの時代だ》

大江のこの時期の諸作には、敗戦後の時空に対する三島のペシミズムと拮抗するような重苦しさがある。敗戦後の時空を特徴づけるのは、米軍支配による凌辱、それに身を寄せる自分（日本人）への自己嫌悪と快感の混淆《こんこう》、自分を載せている場それ自身への汚辱感とでも言おうか。

三島と大江は一九五八年前後に非常に近しいところに立っていた。敗戦直後、太宰治は、自堕落な姿への自虐と矜持をひけらかした小説で一世を風靡した。太宰の言動は、絵にかいたような文弱の徒とでもいうべきものだった。私には三島と大江がともに、ある意味で〈文弱〉のトップランナー太宰治の後継者に見える。

だが、本書第4章を先取りして言うと、一九六〇年の日米安保条約改訂とそれに対する反対闘争、三井三池の炭鉱争議に代表される日本社会の構造的転換、十月に起きた浅沼稲次郎社会党委員長へのテロ事件などを契機に、二人は再び交わることのない別れを選ぶ。三島由紀夫は『憂国』のほうへ、大江健三郎は『セヴンティーン』『政治少年死す』のほうへ、同じように政治とエロスの重なり合いを描きながら、全く別の方向へ進んでゆく。三島由紀夫の途は武断的な「みやび」への転回、大江の途は、半ば虚妄と知りながらことばの力を信じる途とでも言おうか。しかし、二人はともにニヒリズムが誘う行動の放棄と訣別するのである。

「生ける屍」としての戦後社会

その別れがやって来る直前の三島にもう少しだけ踏み込んで考察しておきたい。『金閣寺』と同時期に三島は戯曲『白蟻の巣』を書く。これは、ブラジルの農園を舞台に、関係の根幹に鬆《す》の入った戦後社会の荒廃を描く「姦通劇」である。

没落名家の出身である刈屋義郎と妙子は、ブラジル移民の養子となって、コーヒー農園を経営している。邸のうちに運転手の百島と妻の啓子、農園支配人大杉が住んでいる。かつて百島と妙子は心中未遂事件を起こした。啓子はそれを承知で百島と結婚したが、まだ百島と怪しい関係にある妙子に嫉妬している。義郎は妙子と百島をとがめることができない。建前は寛容、実態は無力・無能のゆえである。啓子の策略が功を奏して、百島と妙子は「望みヶ淵」という皮肉な名前の断崖に車で飛び込んで心中するために出かけてゆく。それを知った啓子は一時錯乱するが、それも束の間、農園の女王蟻をゆめみて、義郎と夫婦気取りの振る舞いを始める。そこに、死にきれなかった百島と妙子が戻ってくる。義郎はただうろたえるばかり、啓子は「怖い、怖い、死人たちが生きかえる、白蟻がかえってくる」と叫ぶ。

一切の規範が崩壊しており、主要な登場人物はみな、見かけの行動こそ違え、「生ける屍」であり、登場人物たちが織り成す関係は、白蟻の巣にされて、食い荒らされ瓦解する家に等しい。これが、三島が見た戦後社会であり、名家の出身で、ブラジルで移民の家の養子になって生き延びた義郎は、国政に関与する権能を失ったがゆえに、決断も行動もできない戦後の天皇裕仁のメタファのようにも見える。

一九五九年に書かれた『鏡子の家』でも、三島自身がそう言っているように、戦後の終焉を描こうとした。

夫と別居中の友永鏡子は彼女のもとを訪れる四人の男たちと、荒廃して弛んだダルな戦後空間の名残りの〈歓楽〉を共有している。四人とは商社マンのエリート杉本清一郎、将来有望のボクサーの深井峻吉、〈外面〉の美の追求のためのボディビルに励む俳優の舟木収、才能の開花目前の日本画家の山形夏雄である。鏡子は、恐らく四人に対して〈鏡〉の役割を果たしている。四人はそれぞれ、それなりに成功する。杉本は逆玉にのって昇進する。峻吉は日本チャンピオンになる。収も役が付いて活躍する。夏雄の絵が入選して脚光を浴びる。

しかし、やがて不幸に見舞われる。舟木収は母の借金のかたに中年の高利貸の女性に身を売り、結局この女と心中する。深井峻吉はチャンピオンになった晩に喧嘩で拳を砕かれ選手生命を失い右翼団体に入る。杉本清一郎は転勤先のニューヨークで、妻が同性愛者に犯される。夏雄は絵が描けなくなり、精神に失調を来す。しかし辛うじて立ち直りのきっかけをつかみ、メキシコに旅立つ。これが四人それぞれの戦後の終わりを意味する。財産を使い果たした鏡子のもとに夫が帰って来て、四人が来なくなった家は、夫が連れてきた犬たちの匂いで満たされる。

欺瞞に満ちた戦後世界が、かりそめに保証した逆説のユートピアとも言うべき「アプレゲール」の時代に終わりが訪れたところで、小説は終わる。収の死は、『禁色』の悠一のような形象を三島が作品の中では断念したことを意味している。悠一のような外面の〈美〉を、自分の作中に造形するのではなく、〈美〉を自分の身体でわがものにする方に歩みだした一歩ということだろう。

また、格闘技の栄光の途を断たれた峻吉が、唐突に右翼団体に入るのは六〇年代以後の三島を示唆する趣がある。『三島由紀夫の世界』で野口武彦が指摘するように、『鏡子の家』発表の直後から、三島は戦後民主主義への敵意を露わにするようになる。

戦後世界に生き残った「ニヒリスト」の清一郎は、妻の負った傷を癒して堅固な「日常生活」を獲得することを選ぶ。夏雄は芸術家として「生きる」ためにデスペレートな振舞いを捨て、「銀行員」のように生きようとする。四人は「不幸」な経験を機に、破滅した者二人と生き残った者二人に分岐したのである。登場人物たちの関係を覆っている、くすんで濁った空気こそ、三島が描きたかった一九五九年なのではあるまいか。

加虐と被虐の「不二」

「あこがれのギリシャ」から得た「美しい作品を作ることと、自分が美しいものになることとの、同一の倫理基準の発見」は、三島由紀夫本人の行動に大きな変化を与えた。虚弱な肉体との訣別が三島の課題になったのである。一九五五年、『白蟻の巣』を書いた年にはボディビルを始めている。ボディビルによる肉体造形は生涯継続した。翌年九月にはボクシングを習い始める。こちらは翌年まででやめてしまう。五八年には剣道を習い始める。これは高位の有段者になるまで続いた。六五年には居合を習い始める。六七年には空手に励むようになる。

体を鍛え始めると、舞台上で人目に身を晒《さら》すことへの拘《こだわ》りが高まる。五六年十一月の自作『鹿鳴館』文学座公演には植木職人として連日出演している。五七年、三島が修辞を担当した『ブリタニキュス』では衛兵役に出演した。修辞というのは、一旦正確に翻訳された台本を、舞台上での話しことばとしてブラッシュアップすることである。ただしこちらは千秋楽のみだった。五八年には文士劇『助六』に「髭の意休」役で、五九年の文士劇『弁天娘女男白浪』では弁天小僧菊之助役で出演した。

これらはみなまだご愛敬である。一九六〇年、三島は増村保造監督の大映映画『からっ風野郎』に主演する。増村には言語に絶するひどいいじめにあったが、それに最後まで堪えぬいた。ラストシーンの撮影で後頭部に大怪我をし、それ以後映画出演は自作の『憂国』(一九六六年公開)以外控えるようになるが、『からっ風野郎』に対しては並々ならぬ覚悟で臨んだようだ。

さらに一九六三年には、細江英公の写真の被写体となり『薔薇刑』という写真集が刊行された。三島の意向を踏まえて、であろうが、安部公房が『薔薇刑』の宣材につぎのようなコメントを寄せている。

芸術家の真の欲望は芸術を生み出すことにあるのではなく、あんがい、自分自身が、芸術そのものに変身してしまうことだったのかもしれない。沈黙せよ。沈黙して、生理を開放せしめよ。この一人きりの組織、ひとりきりの秘密結社に、いさぎよく加盟して、彼とともにひたすらたわむれるべきではあるまいか。

（安部公房「三島氏、芸術に変身す――細江英公写真集『薔薇刑』に寄せて」）

写真集の映像が喚起するイメージは被虐的である。「順逆不二《じゅんぎゃくふじ》」という日蓮の言葉がある。帰依することと背くこととは別のことではない、ということである。北一輝は、革命は「順逆不二の法門」だと言った。三島にとっても「順逆」は「不二」である。いや、三島には「順逆」が「不二」であるだけでなく、加虐・被虐も「不二」であったのだ。異端の国文学者松田修が、日本美の暗部に思いを傾けた著作『刺青・性・死』に依拠して言えば、「悦虐」とでも言うのであろうか。

アメリカの「命じた」自由

三島は、まさに身を晒している。その〈身〉とは何か。三島の〈身〉はたしかに生物種の生身の身体でありながら、「生活」する「自然的」身体ではない。計画的に構築され、身を置く場所と様態を、「創造」の意図的な固有の文脈に置いた虚構物にほかならない。三島は、このような文脈での身体への拘泥を『太陽と鉄』で明快に言語化した。そこまで辿りついたとき、彼の殉教幻想はふたたび首をもたげる。だが連載が始まるのが一九六五年（完結は六八年）のことで、戦後に生きることによって喚起される「侮蔑」感において大江との重なりを色濃く残していた『鏡子の家』（一九五九年）からは、まだまだ遠い先である。したがって、まだ、命と引き換えに決定的な行動に自身を駆り立てるには時間があった。

だが、生きるのが困難だ、生きるに値しないのではないか、という戦後の時空への違和は、三島の心身にかなりの厚味で蓄積されてきていたに違いない。橋川文三の次の評言は、三島の心事を的確に射ていると思う。

> 平和は徐々にその底意の知れぬ支配を確立するかに見えた。死の明確な輪郭、透明な美は、原子爆弾が広島の銀行の礎石に焼きつけたあの人影が薄れてゆくように、しだいに頽廃し、瓦礫の世界にひろがった抒情的ナルシシズムの大歓呼も、悪い冗談のように雑踏の中にまぎれていった。少年は大人に、陶酔は生活に転身せねばならない。三島の美学が権利を感じ始める。

（橋川文三「夭折者の禁欲」『増補 日本浪曼派批判序説』所収）

アメリカの「命じた」自由には、占領政策に抵触しない限り、の限定がついていた。敗戦直後に公開された『日本の悲劇』（亀井文夫監督、一九四六年）は、強烈な軍国主義批判の映画だが、米軍の検閲を通過した後占領軍の意向を忖度《そんたく》した吉田茂によって公開を禁止され、再度の検閲の結果GHQにフィルムを没収された。軍服姿と背広姿の天皇がオーバーラップする映像が、天皇制存置の方針に抵触すると判断されたからであろう。アメリカの作った「民主主義国家」の裁判は、立川米軍基地を違憲と判断（東京地裁伊達判決、一九五九年）しても、アメリカの圧力で最高裁はこれを覆した（同年）。立場の左右こそ違え、こうした被害の当事者と同様、三島も強い違和感を抱いてきたに違いない。違和感の内容はおよそ次のようなことだろう。

『家畜人ヤプー』絶賛から忌避へ

経済は復興したのに、この国家には主権がない。この国家は、ディグニティをアメリカに切り売りしている。そのアメリカ相手に右も左も反米を叫ぶ。だが、実態は、日本はアメリカの家畜ではないか。

一九五六年から『奇譚クラブ』に連載され、隠れた大ブームとなった沼正三の『家畜人ヤプー』という猟奇的な小説がある。家畜人ヤプーとは、白人の家畜とされたことを喜びとして生き死にする被虐の獣と化した日本人のことだ。発表当時、三島は絶賛した。実は三島が匿名で書いたのではないかという憶測も流れた。これは誤報で、沼正三は天野哲夫のペンネームだとほぼ断定されている。三島が絶賛した理由はよくわかる。三島は、戦後日本の現実を、白人とりわけアメリカ人の家畜と認識していたから、この作品を、現実の戦後日本社会の卓越したメタファだと考えたに違いない。

奥野健男は、『家畜人ヤプー』の初版のあとがきで、三島が、絶賛から忌避に評価を変えたと書いた。三島本人は、自決直前の寺山修司との対談（全集40巻所収）で、「『楯の会』をやるようになったから、ああいう小説を嫌いになった」という奥野の見解を否定している。「戦後の日本人が書いた観念小説としては絶頂だろう」と。

だが、三島は晩年、発表当時のように、あちこちで絶賛を重ねるということはなくなった。三島は寺山にむかって「いまの日本人が馴れ馴れしくあの小説読むって嫌いだね」とも言っている。この発言には、『家畜人ヤプー』のような作品を面白おかしくあげつらう態度を、同じ日本人として許容し難いという視点が示されている。そこには、あれは〈馴れ馴れしく読む〉小説ではない、隷属を受け止めて肯定するか拒否するか、態度を選ぶ契機とすべき小説だ、という含意が読み取れる。それは、戦後の時空は受忍すべきものか、唾棄し破壊すべきものか、を巡る三島の立場の変化と対応している。また、橋川のいう三島の美学の権利主張の契機と重なる。三島は「見る人」であることを捨て、一回的な「行動」への志向を強めてゆくのである。いつ、なぜ、その心境の変化は起きたのだろうか。

第4章　サド侯爵と天皇裕仁

――〈共犯〉から訣別へ

対米隷属と「超自我」の喪失

『金閣寺』で「古典主義」の頂点を極めた三島は、いつ、なぜ、「古典主義」を捨てて浪曼主義に回帰し、「行動」の方へと歩みだしたのだろうか。そのことを考える前に、一九六〇年に先立つ時期に、三島が〈戦後日本〉をどのように感じ、また認識していたかを振り返っておきたい。

三島は、日本の文化的対米隷属に強い苛立ちを抱いていた。しかも、それを天皇が受け入れたことを、許容し難いと考えていた。しかし、皮肉なことに日本人の多数派はこれを容認していた。白井聡は次のように書く。

日本人の歴史意識からとらえられたマッカーサーが征夷大将軍であったとすれば、それは「不変の権威＝天皇」（国体）／「現実的権力＝マッカーサー・GHQ」（政体）という伝統的な認識図式に収まる。この図式において、マッカーサーが天皇に対して示した理解と敬意は、唯一の正統性源泉としての朝廷の位階をマッカーサーが受け入れたことを意味する。

（『国体論』）

日本の占領下において「現実的権力」であるGHQのマッカーサー元帥は、統治形態＝憲法を自らの意向に即するように定め、極東軍事裁判における戦争行為の事実認定や訴追対象も、裁判に先だってアメリカの政治意思に従って決定し、公職追放の人選もアメリカの意思に沿って決定した。

新憲法は――旧憲法より国民の大半にとって明らかに望ましいものであり、軍国主義を除去する限りにおいて、日本国民の意思に沿うものであったにせよ――加藤哲郎が『象徴天皇制の起源』で指摘するように、アメリカの極東政策の一環であった。アメリカの占領政策は、良かれ悪しかれ、戦後日本の国民を緊縛する枷《かせ》であると同時に、かつて日本国家の精神的規範であったものを打ち砕いた。

戦前の超国家主義の時代の日本人は、苛烈《かれつ》な思想統制の下にあった。しかし、そうであるがゆえに、その統制が日本人の言動の規範ともなっていた。つまり、フロイトのいう「超自我」として機能した。敗戦で日本の国家権力の思想統制の抑圧がなくなるとともに、「超自我」も吹き飛んだ。占領政策の枷は、自由・民主化を謳っていたから、新たな「超自我」として機能はしなかった。逆に、敗戦後、古い「超自我」の一掃とともに、社会的混迷の副産物として、敗戦後であるがゆえに初めて可能な〈自由〉を日本国民は発見した。

三島自身、「敗戦で動揺しなかったとか、戦後をむかえて解放感をいだかなかったとか言ったら、それはウソになりますね」と対談集『戦後派作家は語る』で古林尚に対して語っている。皮肉なことに、三島にとって抑圧の根源となるアメリカの占領によって、三島にもある種の「自由」が保証されたのだ。

「アプレゲール」と呼ばれた社会現象

その反面、先に触れた太宰治が憂えたような混迷の連鎖を生んだ。しかし、どれほど低俗であったにせよ、同時にそれが解放でもあった一面を否定することはできない。一九四六年には、恋愛映画『はたちの青春』(佐々木康監督)、『ニコニコ大会 追ひつ追はれつ』(川島雄三監督)にキスシーンが登場した。敗戦による「解放」の象徴のような歌謡曲「リンゴの唄」は、この年公開された映画『そよかぜ』の挿入歌だった。

キスの解禁や「リンゴの唄」が謳った解放感などなにほどのことでもないとか謗《そし》るのは空疎である。そもそも太宰が、敗戦後の日本人の混迷を批判できたのも、「解放」の生んだ「自由」な言論の所産であったことを忘れるわけにはいかない。

「超自我」の喪失は芸術・芸能に限らず、社会現象全般に戦中との切断を生んだ。戦前派の人々の理解を絶する脱規範の言動は「アプレゲール」と呼ばれた。文字通り「アプレ」

はフランス語の「後」、ゲールは戦争である。社会現象における脱規範化と芸術のそれとの接点に立ったのが「アプレゲール」の詩人たちだった。その先陣は、既存の詩作の規範とは無縁の地平から彗星のように登場し、たちまち自殺して消えた十代の詩人、原口統三である（詩集『二十歳のエチュード』）。文芸評論家高橋英夫は、「戦後史は原口統三を発見するところから歩み始めた」という。三島由紀夫が『仮面の告白』を書くことができたのも、敗戦による「超自我」の喪失のゆえだと三島自身が認めている。

だが、「アプレゲール」と呼ばれた社会現象の中で、戦前と比べてもっとも奥深い変容を遂げたといえるのは犯罪であった。犯罪は思慮の浅い人間が犯す愚行というのが通念である。そして愚行を犯した犯罪者は、裁かれることによって逸脱した古い規範の内部に回収される。だが、敗戦後十年、通念を決定的に破壊するような犯罪が次々に起きた。法規範によって裁かれた後にも、彼らの遺した軌跡への記憶は必ずしも旧秩序に回収されなかった。

闇金融、日大強盗、一家虐殺、カービン銃強盗……

一九四九年、東大法学部の学生だった山崎晃嗣は、闇金融「光クラブ」によって金融における法秩序に挑んだ。背景に動員学徒として出征した時期の上官や国家に対する激しい怨念があったという。出資者が増え、ことはうまく運びそうにみえたが、意外に破綻は早く訪れた。きっかけは税務署員だった愛人のひとりに密告されて物価統制令で逮捕され、信用を失ったことだった。山崎は闘いに敗れると自ら命を絶った。

一九五〇年、日大職員だった山際啓之の「日大ギャング事件」は、日大の運転手の青年が恋人だった日大教授の娘を共犯者にして、日大職員の給与を奪って、逃亡した事件である。奪った金で「舶来」のバッグや宝石を三十万円（現在の貨幣価値に換算すれば三千万円以上）買いあさった。山際は、逃亡中、日系二世と自称していた。逮捕されたときに「オー・ミステーク」と叫んだ。英語を使った無反省がいかにも「アプレゲール」だと話題を呼んだ。

同年、旧商工省貿易庁の外郭団体鉱工品貿易公団の職員だった早船元首の八千万円（現在の貨幣価値に換算すると十億円程度）の横領事件が発覚した。元ミス東京の妻、公団の同僚など共犯は十三人に及んだ。発覚したとき、これはほんの「つまみ食い」と言ったことが厚顔無恥だと顰蹙《ひんしゅく》を買った。懲役二年で出獄、その後、優雅に暮らしたと伝えられる。

この年、『金閣寺』のモデルとなった林承賢という大谷大の学生による金閣寺放火事件も起きている。美の象徴とされてきたあこがれの国宝を破壊する犯罪だったが、小説とは違って、林承賢は自殺を図り、逮捕後救命措置で一命をとりとめている。しかし、国宝の放火は戦前には例がない。

一九五一年には築地八宝亭一家殺人事件があった。住み込みの料理人だった山口常雄は、第一発見者として捜査に協力していたが、犯罪の協力者の証言から一転逮捕に至った。犯罪が露顕するや否や青酸カリで自殺したため、動機は一切不明のままである。裕福な農家の次男に生まれ、村役場に勤めていたときには、困窮している村民の配給品の横流しを引き受けたために、統制令違反で執行猶予付きの有罪判決を受けたが、むしろ人助けした上に罪を一人で被ったとして、次は村長さんだと村人に英雄視されたという。ちなみに、二〇一七年七月二〇日のフジテレビ系で放送された番組「奇跡体験！　アンビリバボー」では、今頃になって、山口の犯行動機は金、自己顕示欲の塊というネガティブキャンペーンがなされている。良かれ悪しかれ山口は、既存の倫理規範で測れないという意味でタダモノではなかったのだろう。

一九五三年、慶応大経済学部を出て証券会社の社員だった正田昭は、使い込みが露顕して解雇され、共犯者二人とバー「メッカ」での強盗殺人事件を起こす。七十日間の逃亡の果てに逮捕されるが、取り調べでは「ナット・ギルティ」と言って犯行を否認したという。父は早く死に、教師で「賢母」だった正田の母親には金銭への妄執があり、母の抑圧からDV常習となった兄の暴力を正田は極端に恐れていたという。学生時代には恋人の裏切りで自殺を考えたことがあった。内定していた日産自動車への就職が結核で取り消しになった。死刑判決後獄中で小説を書き、『サハラの水』は第六回『群像』新人賞の最終候補になる。改悛してカトリックに帰依《きえ》し模範囚となったが、四十歳のとき処刑された。

一九五四年、元保安隊員（保安隊は自衛隊の前身）大津健一は保安庁技術研究所所員夫妻をカービン銃で脅して拉致・監禁し、小切手を書かせるという手口の強盗事件を起こした。元東映の女優と逃亡したが、ほどなく逮捕された。裁判では、この強盗事件とは別に殺人も犯していたので、地裁の判決は死刑だった。控訴審で無期に減刑され、一九七八年仮出所した。文筆に長けており、獄中で出会った死刑囚との交友録や自伝を刊行している。

〈冒険〉が抑え込まれて、そして……

これらの犯罪に共通しているのは、戦前からの古い社会通念や規範に唾するという動機がうかがわれることである。ここに挙げた犯罪の「犯人」では、山崎晃嗣が一九二三年生まれで最年長、最年少の山際が一九三一年生まれである。犯行の背景に、社会や家族が個人に背負わせた深い傷の存在が推測される場合も少なくない。山崎、林、山口は、事後に自殺を図っている（林は未遂）という共通点がある。また、山崎、正田、大津は遺作、著作を残した。彼らには自己の犯罪を含む違法行為へ、なぜやむにやまれず突き動かされるのか、犯罪動機への自己言及的な洞察力が感じられる。

復員学徒山崎と、徴兵を逃れて進学した三島は、東大法学部の同期である。山崎晃嗣をモデルにした『青の時代』と、林承賢をモデルにした『金閣寺』は、「アプレゲール犯罪」の代表的事件を正面から扱った作品であるし、嫉妬心に殉じて殺人を犯す『愛の渇き』の主人公の女性も、幼女を犯す『鍵のかかる部屋』の高級官僚も、戦前の旧秩序の許ではまず考えられない「アプレゲール」の範疇に属する犯罪を扱っている。強い関心をそそられなければ、敢えて書くわけがない。三島由紀夫の心性にもまた紛れもなく「アプレゲール」の翳《かげ》がさしているのである。

「アプレゲール犯罪」に限らずアプレゲールと呼ばれて人々の耳目をそばだたせた言動は、総じて敗戦後の「超自我」の喪失が導き出した〈冒険〉であった。戦後の秩序が固定化されてゆくに従って、それらの〈冒険〉は抑え込まれてゆく。『鏡子の家』は、三島の分身のような鏡子を取り巻く、四人のアプレゲールの〈冒険〉が抑え込まれて、どこに行き着くのかを描いた作品ではなかっただろうか。

親米保守勢力と「暗黙の了解」

社会を「アプレゲール」が席捲《せっけん》していた時代、国家はどうなっていたか。ひとことで言えば、〈アメリカの統治の下にある象徴天皇制国家〉が確立されつつあった。占領統治の時期はもちろんのこと、一九五二年の「独立」以後も基本的な性格は変わらない。戦後日本の国家権力と支配層は、アメリカの統治に迎合し、自らの利益に最大限利用することを考え、実行した。

アメリカの占領政策の淵源は、先述したように、一九四二年にCIA（中央情報局）の前身OSS（戦略情報局）によって策定された「日本計画」である。計画の実施は、九月二十七日の第一回のマッカーサー天皇会談に始まる。三島が、なぜ天皇が衣冠束帯でないのかと「忿懣《ふんまん》」を抱いたというあの会談だ。日本の敗戦と戦後の歴史過程をたどった名著であるジョン・ダワーの『敗北を抱きしめて』には会談とその後の経緯が詳しく描写されている。

白井聡が『国体論』で指摘しているように、マッカーサーは自分が全責任を負う決意を示した敗戦国の君主の人間性をリスペクトした、だから天皇制の存置を決断した、という相互信認の「神話」の出発点はここにある。後になって、マッカーサーの回想録がこれを裏づけた。しかし、現実には、ダワーが指摘しているように、占領軍の幹部たちはみな日本人の「民度」と行動様式を、軽蔑し切っていた。

たとえば天皇制存置と天皇不訴追の方針を確定させることに重要な役割を果たしたとさ

れる「知日派」のフェラーズ准将のメモによれば、「劣等感、軽信、型にはまった思考、物事を歪めて伝える傾向、自己演出、強い責任感、常軌を逸した攻撃性、野蛮、自滅に至る伝統、迷信、体面の重視、感情過多、家庭・家族への愛着、天皇崇拝」を日本人の特徴として挙げている。占領軍は、軍閥と天皇の間にくさびを打ち込み、天皇を平和主義者にしたてあげた「新しい上演劇」を仕組むことで、天皇の権威によってアメリカの指示を日本人の政府に実行させることが占領政策にとって不可欠と考えていたに過ぎなかったのである。

マッカーサーの天皇に対するリスペクトという「神話」は、占領政策の受容を正当化するために、日本支配層の親米保守勢力にとっても不可欠だった。占領軍が〈天皇の日本〉を蔑んでいるというのでは、軍人はもとより、天皇信仰を刷り込まれた大衆も納得しなかったからである。アメリカが、占領統治を通じて東アジアの軍事拠点を確保しなければならなかったのと同等以上に、日本政府には、占領統治による安定が必要だった。

そのためには、「国体」は護持され、アメリカの占領が終われば、新しい天皇制国家が到来するのだという「約束」と、それを占領軍は友好的に支援しているのだという「装い」が必要だった。しかも、戦後日本の支配層は、政治家も財界も、そういう装いの下で、財閥による経済支配や官僚機構による統治、つまりは、戦前日本の経済制度、政治制度の基本を、洗練したものに作り替えながら温存することを目論んでいた。

この目的のためであれば、アメリカの政治理念に対する敬意や崇拝の表明を惜しまなかった。そうしておけば、いずれは再軍備が可能になるし、公的行事に君が代・日の丸や、神道儀式を持ち込んでも、アメリカは介入しない、という目算があった。現に、完全な武装解除を求めたアメリカが、まだ占領下に、自国の国益のために、後の自衛隊になる警察予備隊の設置を命じているのである。「独立」後になると、多くの公立学校で日の丸・君が代は実施され始めたし、やがて自治体でも、地鎮祭が神道儀式で行われたり、県が靖国神社に公金で玉串を奉呈するなどということが行われるようになった。

タブーは核武装と靖国国家護持だけであった。核武装はアメリカへの公然たる敵対の可能性を意味した。靖国神社を国家が「護持」するのを認めることは、アメリカと闘って死んだ日本の軍人・兵士・軍属を神として讃えるのを、国家が認めるということを意味していた。それは、神道と国家権力を切断した神道指令への違反にほかならない。だからこれだけは、現在でもタブーなのである。

アメリカ占領軍およびその後のアメリカ政府と、日本支配層とその基盤をなす親米保守勢力の間には、友好と隷属の一体化という構造的な二枚舌の密約だけでなく、核兵器保有と靖国国家護持という二つのタブーに触れない限り、極東軍事裁判の認識を否定する日本無罪論、大東亜戦争肯定論などの、保守勢力の本音の延命も許容するという暗黙の了解も存在したのである。このような欧米の戦勝国連合軍のドイツ占領と似ても似つかぬ敗戦国の旧勢力への「寛容」の対価は、沖縄を無期限で軍事占領することだった。アメリカの冷戦下の極東軍事戦略は、沖縄を確保することで、初めて可能になった。

アメリカ国立公文書館の資料から、リベラル派の政治学者進藤栄一が一九七九年に発見した、四七年九月十九日に天皇裕仁が侍従の寺崎英成を通じて、シーボルト外交局長宛に伝達した「沖縄メッセージ」には、米ソ冷戦が激化する情勢下にあって、長期の貸与という形式で沖縄をアメリカに提供することが、日米両国の利益に適うとの見解が示され、これがアメリカの国務長官と占領軍総司令官に伝えられた。新憲法下にあって、国政に対する関与の権能をすでに失っていた天皇裕仁の、戦後占領史への深いかかわりを示すエピソードである。

アメリカに奉仕する「買弁天皇制」国家

親米保守勢力主流にとっては、アメリカの顔色をうかがいながら、保守派大衆には天皇制が維持されたという体裁を整え、進歩派には、平和主義と民主主義が国是になったという装いを信じ込ませ、その下で経済改革の性格を戦前の経済の中心を占めていた大資本を極力守る範囲に限定しながら、経済復興を推し進め、アメリカの庇護の下で国際社会で遊泳することが主要な関心事であった。アメリカは暗に対米隷属を認めた天皇制国家に便宜を供与した。最たるものが、アジア諸国への戦後補償の円払いの斡旋であろう。アメリカの求めに応じて日本からの補償や借款《しゃっかん》の円払いを認めた各国は、それを財源に公共投資を行うに当たり、「円」という、当時国際通貨として「木の葉のオカネ」での支払いが可能な日本企業に、事業を発注するしかなかった。これによって賠償という名の日本企業のアジアへの経済進出がはじまる。まさにアメリカに庇護された日本経済の復興・「自立」の出発である。

旧「大東亜共栄圏」とその周辺の諸国民から見た場合、この急速な海外進出は、武器を札束に持ち替えただけの、天皇制国家日本の戦前・戦後の連続性の証に見えたとしても不思議ではなかった。一九七四年の東アジア反日武装戦線による「虹作戦」と三菱重工爆破の動機は、このアジアからの怒りに満ちた眼差しを引き受けようとしたものだった。「虹作戦」とは、天皇裕仁暗殺計画である。お召列車が荒川鉄橋を渡るときに列車を爆破することを彼らは計画した。この計画は未遂に終わり、このときに使用する予定だった爆薬で、三菱重工に爆弾を仕掛けた。一般人にも多くの死傷者を出したこの「作戦」の非は厳しく指摘されて然るべきだろう。しかし、敗戦後の凄まじい経済進出がアジア諸国民に与えた多大な損害を考えれば、「大東亜共栄圏」が形を変えて復活したのは許容し難いという認識には、根拠があったと言わなければならない。
藤田省三は『天皇制国家の支配原理』（一九五六年刊）で、戦後の天皇制国家を次のように分析した。長くなるが、引用しておく。

（……）元来君主専制ではなくて、官僚専制を中核としていた天皇制は、官僚の温存・増殖あるかぎり、天皇の地位の変化によって革命的変革をこうむることはなく、支配の実質的機構においてはいぜんとして戦前とのつよい連続性を維持している。けれどもひとたび「無関心的心情」にとじこもり、敗戦後の「原蓄的」インフレーションの嵐のなかでもっとも直接的な個人生活の防衛を経験した国民を積極的にインテグレートすることは容易ではなく、国民生活をつらぬく「天皇制」は国民各個の生活領域に分極化され、個人とその生活集団との「平穏な」日常を保障する点に主要な機能を見出している。したがってアメリカニズムの流行は、それが日常生活の回転を安易にし、また生活の便宜化をもたらすかぎり、平穏生活の一つの手法として歓迎され、街や村における「天皇制」と日常生活におけるアメリカニズムとが相互に補強しながら、社会の深部において結合している。

この両者の結節点は戦前とことなることなく、無数の小生活集団の長、つまりいわゆる「中間層第一類型」である。買弁天皇制の足場はここに定着する。

「買弁」とは、自国の同胞の利益を損なっても、他国の資本に奉仕することで利益を貪《むさぼ》る資本のことである。語源は清朝時代の中国に遡る。藤田の目には、敗戦後の天皇制の役割が、アメリカに奉仕することによって、利益を貪る統治形態に見えたということである。炯眼《けいがん》というべきだろう。

他方、アメリカは、便宜供与や生活文化への浸透とともに、恫喝も忘れなかった。一九四八年十二月二十三日、皇太子（明仁天皇）の誕生日を選んで、東条以下の極東軍事裁判の「戦争犯罪人」処刑の事実を、天皇家の鼻先につきつけた。

これに対して天皇裕仁が退位の意向を示したときにも、アメリカは退位も絶対に認めなかった。他国の君主の進退に決定権を発揮することによって、アメリカが敗戦国日本の「主人」であることを改めて天皇と政府に思い知らせたのである。二十余年ののち、一九七二年、日本政府が日米安保六条の「極東における国際の平和及び安全に寄与するため」の「極東条項」の削除を求めた時、アメリカは日本の基地からの米軍の総引き上げをちらつかせて、日本を恫喝した。

白井聡が指摘するように、アメリカはそのたびに「どちらが主人なのか」を天皇と日本政府に思い知らせたのである。「買弁天皇制」国家日本は、長きにわたって、アメリカの便宜供与と恫喝によって制御されてきた。

左翼勢力は戦後体制をどう批判したか

連合国への降伏の決断、アメリカの占領政策による天皇制の変形と延命、アメリカの基本政策の一環である憲法が謳う非戦・非武装の原則が、国内的には天皇の意思に起源をもつために、敗戦後、日本の右翼から、反米という戦前もっとも激しくかつ中心的に主張されたスローガンが消し去られた。そして、東西冷戦の激化とともに反共だけが前面に押し出されてくる。天皇制の「買弁化」への批判が右翼から聞かれることはほとんどなくなった。

一九六八年の社会反乱の中で、ヤルタ・ポツダム体制打破を掲げた反体制の「新右翼」が登場するが、伝統的な右派勢力は戦後一貫してほぼ「親米」である。その理由は、「国体」を、換骨奪胎したにせよ維持したのがアメリカであり、天皇がアメリカの意向に即して行動した事実を受け止めた結果、天皇に価値を見いだす勢力が「反米」を掲げるのが憚られるからにほかなるまい。

そして、大半の右翼は、暴力団との境界があいまいな、合法と非合法すれすれの、権力と与党の別動隊の性格が濃厚となった。近年では、これとは起源を異にする日本会議や神道政治連盟が、政権を背後から支える勢力として急速に台頭してきている。彼らは天皇を崇敬せず、統治の道具と割り切っている。

共産党は、敗戦時、獄中党員がアメリカ軍によって釈放されたこともあって、アメリカ軍を「解放軍」と規定した。しかし、「解放軍」どころか、共産党の強い影響下にあった日本の労働組合のナショナルセンターである産別会議が指令した一九四七年の二・一ストに禁止命令が出されるなど、直接、占領軍から弾圧される憂き目を見るようになり、一九四〇年代末からは「反米愛国」を主張するようになった。反米が左翼のスローガンに転化したのである。

反米の理由は、日本の政治の対米従属が、経済の「買弁化」、つまりアメリカの資本の利益に従属するものとなり、その結果、敗戦で食も衣も住も失った大多数の日本国民が、一層の貧困にあえぐ原因となっており、また、外交政策においても、アメリカ一辺倒でソ連、中国を敵視する政策は、「平和国家」として再出発する日本国家と国民の利益に反する、というものだった。

社会党は、党是に「社会主義」を掲げているものの、イデオロギー的に内部の対立が激しく、右派の立場は、象徴天皇制を是認し、親米を基本とする、という点で保守勢力とさほどの違いはなく、究極的に共産主義をめざすという立場においては、左派は共産党と共通するところが多かった。

一九五〇年代後半から、日本の独占資本の復活・自立に着目していたのは、共産党の中の構造改革派と呼ばれていた反主流のグループで、日本の被抑圧階級の解放のためには日本の独占資本との闘いが重要だという立場を取っていた。

日本独占資本との闘争を重視するという立場をもっと突き詰めていたのが、全学連（全日本学生自治会総連合）を基盤として共産党と対立を深めていた共産主義者同盟である。彼らは、日本の資本主義は、すでに帝国主義の段階にまで自立復活したのだから、自立した帝国主義国家日本との闘争が政治闘争の中心でなければならないと主張した。

労働組合は、内部矛盾を抱えながらも社共双方の支持勢力が一応共同で総評というナショナルセンターを形成していたので、組織労働者は、自己の組合が所属する組織の下で行動した。学生は、統一組織としての全学連の下で行動していたが、一九六〇年の安保闘争（日米安全保障条約改訂反対闘争）では、共産党系と新左翼系に分裂した。

労組員でも学生でもない人々には、行動する団体の受け皿がなかった。一九六〇年の安保闘争の中で、小林トミらの呼びかけで、初めて完全無党派の「声なき声の会」というグループが国会デモを組織した。ここには、党派とかかわりのない立場で、政治意思を表明したいと考える個人が集まった。数十人で歩き始めたデモが、国会を一周すると一桁増え、二周するとまた一桁増えたという伝説がある。

三島由紀夫は、戦後の「体制」に対しては強い違和感を抱いていたが、こうした「反体制」勢力の動向とは一切かかわりを持たなかった。敗戦直後、小田切秀雄に共産党への入党を勧められたが、即座に断っている。三島は、左翼・革新派の大勢が、対米隷属に対して迎合的であること、民主主義的、個人主義的、「近代主義」的であること、戦後の天皇制のありかたを左翼も含めて暗黙に承認していることなどの理由で、親米保守の支配層と大同小異だと考えて反発していた。三島が「左翼」にシンパシーを抱くようになるのは、全共闘運動が戦後体制への激しい批判、近代日本への批判を展開してから、三島の死までの限られた時期だけである。三島が敵視したのは日本人の、近代崇拝つまり欧米崇拝と、アメリカが作った戦後日本への加担であった。

一九六〇年に起こったこと

一九六〇年は、敗戦後十五年続いた対米関係を推し進めるのか見直すのか、という重大な選択をめぐって「国論」が二分された社会変動の年であった。結果として改訂された安保条約の変動は国会を通過したが、日本人がひとつの重大な〈転機〉を経験したことだけは否定できない。

一九六〇年の外交上の焦点は、日米安全保障条約の改訂の是非だった。これは、白井聡の概念を借りれば「戦後国体」を前提とした軍事同盟を維持継続するのか、そこから距離を取るのか、の選択であった。それは冷戦時の国際情勢の下では、どの勢力圏に帰属するのか、の選択でもあった。

政権と与党の中には、三つの志向があった。多数派は親米保守であり、対米一体化の純化を志向する勢力である。もうひとつは岸信介を典型とする戦前回帰という意味での対米自立の野心を捨てていない勢力。三つめは、石橋湛山、宇都宮徳馬など、極端な親米にも戦前回帰にも与《くみ》さないで、アジア・アフリカの新興国と連携しながら、非同盟の方向を探る勢力である。「非同盟」の勢力とは、インドのネルー、中国の周恩来、エジプトのナセルなどが主導した、米ソいずれにも属さない第三極を国際政治の場に形成しようとする試みである。一九五五年のバンドン会議で非同盟勢力の結集のメッセージが世界に向けて発信された。

一九六〇年は、石炭から石油へ、というエネルギー政策の転機、農業・漁業・軽工業（天然繊維）を捨てて重化学工業化へ、という産業政策の転機でもあった。この領域での争点は、三井三池争議を頂点とする、炭鉱合理化の強行とそれに対する必死の抵抗というかたちで現出した。

特記すべきことは、生活実感から遠い、この国の進路選択という政治的主題に対して、主権者大衆が敏感かつ大規模に反応したことである。何万、何十万という大衆が、繰り返し国会を包囲して日米安全保障条約の改訂に反対した。戦後史七十数年を通じて、空前絶後の出来事だった。騒乱の拡大を恐れて岸信介は、鎮圧を機動隊に任せず、自衛隊の出動を命じようとしたが、防衛庁長官の赤城宗徳が、自衛隊が国民の敵になる、といって反対し、岸は断念したと伝えられる。六月十五日の国会デモで、全学連活動家だった東大生樺美智子は、デモの鎮圧に当たった機動隊に圧死させられたが、自衛隊が条約改訂に反対する多数の国民を大量に殺戮することは回避されたのである。

アメリカの大統領アイゼンハワーの訪日は阻止され、日本の首相岸信介は退陣した。しかし、日米安全保障条約は改訂され、三井三池労組は敗北し、エネルギー政策の転換も決定的となった。それにともなって重化学工業化が急速に進み、繊維産業と言えば化学繊維のことを言う時代となった。一九六一年には、池田内閣が農業基本法を制定し、農業の工業化、大規模化、自給率低下のレールが敷かれた。政治だけでなく、経済も質的転換を遂げた。急速な都市化と大量消費社会への幕開けでもあった。

山口二矢の鬱情とその発露

こうした転機は、恐らく三島の関心をさほど引かなかっただろう。一般的な社会史の「大文字」の転機とは別のところに三島の目は向いていたからである。それゆえ六〇年の「転機」は、三島が戦後抱きつづけて来た喪失感や屈辱感に直接影響を与えるものではなかったと考えられる。

三島が衝撃を受けたと想像されるのは、二分された国論からすれば限りなくマージナルな事件ではなかったか。六〇年十月十二日に起きた浅沼稲次郎社会党委員長に対する山口二矢少年の「テロ」である。山口は浅沼稲次郎が中国を訪問した際、「アメリカ帝国主義は日中人民共同の敵」という声明を出したこと、安保条約改訂の国会審議で激しく抵抗したことなどを殺害の理由として書き残している。

小説家としての三島由紀夫は、この頃まで、作品と作者の峻別に心を砕き、「古典主義作家」と自覚して戦後を生きてきた。また、一個人としても、戦前の、皇太子裕仁の暗殺を企てた難波大助や、安田財閥の総帥・安田善次郎を暗殺した朝日平吾のように、政治信条に基づいてテロに走る、という行為は、戦後「民主主義」の社会規範の下では絶対にありえないことと三島は認識してきたはずである。だが、山口二矢の行動はそのタブーを破った。このとき、三島にもふたたび暴力への〈覚醒〉が呼び覚まされたのではなかっただろうか。

山口二矢の抱え込んでいた鬱情とその発露に三島が震撼しなかったわけがない。三島は、長らく脇に置いてそこに目を注ぐのを回避してきた、天皇への恋闕とエロスの合一の世界を直截に描く、という課題に再会してしまったに違いないのである。それが三島を『憂国』の執筆に向かわせる。

この「事件」を直接小説の素材としたのは三島ではなくて大江健三郎であった。大江は第3章で取り上げた諸作を見れば明らかなように、政治とエロスの狭間でのたうち回る青少年の鬱情を描いてきた作家である。その創作動機の延長で、当然のようにこの事件に反応した。それが『セヴンティーン』(『文學界』六一年一月号)である。続編の『政治少年死す』は右翼の執拗な脅迫があって、著作集への収録が妨げられ続けてきた。大江は戦後にも残っていた天皇タブーの逆鱗《げきりん》に触れたのである。

大江は、大江の作風で山口二矢に寄り添って書いた。その結果、少年の薄汚い、劣情としてのエロスが執拗に描かれ、その先にむんむんする劣情の昇華のかたちとして天皇が立ち現れた。山口のテロと右翼思想を批判の対象として描こうとする大江にとって、この主人公のみじめで汚れた姿は当然であった。

天皇主義者の三島は、エロスと天皇崇敬の〈合一〉を美の極致として描かなければならなかった。しかし、敗戦とその後の天皇に強い違和を抱く三島は、いかに山口二矢の行動に動かされるところがあったにせよ、山口の「戦後の天皇」への国粋主義的直情に身を寄せるのは困難であったに違いない。それが、三島に山口を直接書くことを回避させ、自ら「二・二六事件の外伝」とよぶ『憂国』執筆に向かわせた動機にほかなるまい。

『憂国』――浪曼主義への回帰

三島由紀夫は、『憂国』について、一九六八年にこう書いている。

かつて私は、「もし、忙しい人が、三島の小説の中から一編だけ、三島のよいところ悪いところすべてを凝縮したエキスのような小説を読みたいと求めたら、『憂国』の一編を読んでもらえばよい」と書いたことがあるが、この気持には今も変りはない。

（『花ざかりの森・憂国』解説、新潮文庫）

『憂国』は、間違いなく、三島の、見失っていた〈本領〉との再度の遭遇だったのだろう。至福としての〈死〉の再発見と言ってもよい。これは一九五〇年代末までの三島由紀夫の自己否定にほかならない。「私の遍歴時代」で三島はこう言う。

そこで生まれるのは、現在の、瞬時の、刻々の死の観念だ。これこそ私にとって真になまなましく、真にエロティックな唯一の観念かも知れない。その意味で、私は生来、どうしても根治しがたいところの、ロマンチックの病いを病んでいるのかもしれない。二十六歳の私、古典主義者の私、もっとも生の近くにいると感じた私、あれはひょっとするとニセモノだったかもしれない。

『憂国』で三島は自らの似合いの場所に立ち返り、やがて、そのことを自覚したと語り始めたのである。『憂国』のクライマックスは、二・二六蹶起に遅れたために、同志を鎮圧する軍隊に編入されることになった武山中尉の切腹と、妻の後追い自殺の場面だから、腸《はらわた》が腹の外に弾けて出てくるというような、グロテスクな描写に溢れている。

しかし、吹き出た腸が生臭い匂いを放っていると書かれていても、そこには、大江健三郎の作品の、蒸れるような生々しい薄汚さとは違う、抽象性というか透明性というか、生身の現実から遠い、良かれ悪しかれ、ことばとしての自立的な世界がある。大江が、『政治少年死す』の主人公の死をグロテスクで醜いものとして描いたのに対して、武山中尉夫婦の死は〈美しいもの〉として言語化されている。

これがさらに洗練されたのが、数年後に書かれる『奔馬』のラストシーンにおける飯沼勲の割腹だろう。そこでは、腸などの具体の描写は捨象され、割腹とともに、日輪が勲の瞼の奥に「赫奕《かくえき》として」昇るのである。割腹のシーンは夜だから、この太陽は幻想であり、勲の「内面」に昇るのだ。割腹のシーンは抽象されることによって、さらに〈美しいもの〉になったのである。

『憂国』の前の月に発表された深沢七郎の『風流夢譚』が、小森一孝による中央公論社社長宅襲撃の原因となった。小森の襲撃は、天皇・皇族の処刑が面白おかしく描かれていたことが許しがたいというのが動機であったとされる。この「テロ」も山口二矢の浅沼刺殺に誘導されたものであったかもしれない。この事件では、三島が深沢の作品を出版社に推薦したとみなされて、右翼からの脅迫を経験するという副産物を生んだ。

『憂国』を書くことと並行して、三島の中で膨れ上がっていった欲求は、自己の肉体と、自己の作品世界を合一させる方法上の論理の獲得だった。美を創出する作家が、美それ自体を目指すという背理への挑戦である。この構想の言語化の試みは、季刊の同人誌『批評』に一九六五年十一月号から連載が開始された『太陽と鉄』に結実（完結は六八年六月号）する。先述の通り、これと並行して三島は肉体改造と、改造した肉体を他者の視線へ晒す試みを「本格化」させる。

澁澤龍彦と三島由紀夫

一九六四年、桃源社から澁澤龍彦の『サド侯爵の生涯』が出版された。このことは、三島由紀夫にとって重大な意味を持った。そこには、「凶状持ち」のサド侯爵と侯爵の脱獄や逃亡を助ける侯爵夫人の緊密な連帯と、フランス革命の後、獄中で『ジュスティーヌ』を書いた侯爵と訣別する侯爵夫人の関係の劇的転換が克明に記されている。この記述は、三島だけに固有の連想を促したに違いない。

それは、サド侯爵夫人ルネは、ルネにして三島由紀夫、サド侯爵は、サドにして愛憎二重の対象という意味での天皇、モントルイユ伯爵夫人は、ルネの母にして、闘うサドを葬ろうとし、闘いをやめたサドと誼を通じようとする俗物の権化、という二重化された構図の〈読み〉である。三島はこの評伝に接したことによって、自身の戯曲『サド侯爵夫人』の構想を思いつき、うち固めるに至った。

日本へのサドの紹介は戦前からなされていたが、好事家の関心をそそるための性的異常者としての歪曲された情報が大半で、本格的な翻訳や研究もなされず、評伝も刊行されていなかった。澁澤は、この未開拓な領域に手を染めた最初の人であった。一九五九年、澁澤はその訳業の一つである『悪徳の栄え』（現代思潮社刊）の出版で、猥褻物頒布の罪に問われ、一九六九年、最高裁で有罪が確定している。この裁判には遠藤周作、白井健三郎らが特別弁護人となり、埴谷雄高、大岡昇平、中島健蔵、栗田勇、吉本隆明、針生一郎、奥野健男、大江健三郎ら多くの思想家・芸術家が証人に立ち、法廷はエロティシズムと国家権力の関係を問う思想闘争の趣を呈した。

澁澤の『サド侯爵の生涯』は、フランスのモーリス・エーヌとジルベール・レリーの研究に依拠して「彼らの厳密に客観主義的な方法にならって」執筆された。娘を侯爵家に嫁がせながら、サドのスキャンダルに実家の家名が汚されることを嫌ったモントルイユ伯爵夫人がサドを獄中にとどめるために行った画策と、これと闘うサド夫人ルネの相克《そうこく》や、フランス革命後一時出獄したサドと夫人の離別など、三島由紀夫の戯曲『サド侯爵夫人』で扱われている出来事はみなこの評伝の中に記述されている。

三島は、サドとルネの固い「共犯」の絆、ルネとモントルイユ伯爵夫人の熾烈《しれつ》な対立、サドとルネの訣別の根拠となる事実関係を、この評伝から発見したのである。

サドとの絶対的な結びつきの確信

『サド侯爵夫人』は一九六五年に書かれ、十一月に初演された。第一幕は、サドの妻ルネと、妻の母モントルイユ伯爵夫人が、サドの「救出」の相談をするところからはじまる。娼婦虐待事件で訴追され、サド（アルフォンス）は逃亡中である。母は、自分やルネが高等法院に減刑の「嘆願」をするだけでなく、婿の無罪を勝ち取るための工作を知人のサン・フォン伯爵夫人とシミアーヌ男爵夫人に依頼する。

しかし、実は、モントルイユ夫人は娘のルネを侯爵家に嫁がせたものの、内心、醜聞の尽きない婿とルネを絶対に離婚させたいと考えている。母からの離婚の強い勧めをルネははねつける。そこに帰宅したルネの妹アンヌの話から、アンヌもサドと性的関係にあったことを知ったモントルイユ伯爵夫人は、娘二人がアルフォンスに弄ばれたと考え、ルネには知らせずにサン・フォン伯爵夫人とシミアーヌ男爵夫人にした無罪の工作の依頼を取り消し、自らは国王に、逃亡中のサドの逮捕を懇願する手紙を書く。もし、先に出した嘆願が効いて、裁判所で無罪もしくは微罪になっても、当時の制度では、国王の命令による勾引状があれば、裁判所の結論と関係なしに拘束を続けることができたのである。

一幕と二幕の間に六年が過ぎる。サドは、ルネの支援で脱獄に成功するが、再逮捕され、初審で有罪とされ下獄し、再審の結果を待つ身となる。

第二幕。ルネの許に、高等法院の再審判決の書状が届く。「嘆願」の甲斐あって、サドは微罪で放免された。しかし、ルネが書状を受け取ったとき、サドは再び獄中に逆戻りさせられていた。それは、モントルイユ夫人の求めに応じて出された国王の勾引状がまだ有効で、裁判所の判決とは無関係に監獄の奥深くに幽閉されたからである。モントルイユ夫人は娘にこの事実を告げないでいた。ルネに告げたのは、モントルイユ夫人を快からず思っていたサン・フォン伯爵夫人だった。ルネは激怒し、母娘が対決する。

ルネ　……サド侯爵家の家名に目がくらんで、娘をアルフォンスの嫁にやり、さあ今度は母屋に火がつきそうになると、あわてて買い戻そうと躍起におなりになる。……あなたは売春婦が質《しち》に流した衣裳簞笥を買い戻すように、私を買い戻して満足なさる。自堕落なたのしい生活の夢！　この世界の果て、世界の外れに、何があるか見ようともなさらず、鴇《とき》いろのカーテンで窓をおふさぎになる。そしてあなたは死ぬのです。自分が蔑んだものにとうとう傷つけられなかったことを、唯一つの矜《ほこ》りになさって。人間の持つことのできる矜りのうちで、これ以上小さな矜り、これ以上賤しい矜りがあるでしょうか。

モントルイユ　そしてお前もいつかは死ぬ。

ルネ　でもお母様のようにではないわ。

モントルイユ　そうだろうとも、私は火焙りにされて死ぬつもりはない。

ルネ　私も老いさらばえて小金を貯め込んだ、身持ちのいい売春婦のように死にはしません。
モントルイユ　ルネ！　打ちますよ！
ルネ　さあ、どうぞ。もしお打ちになって、私が身をくねらして喜びでもしたらどうなさる？
モントルイユ　ああ、そう言うお前の顔が……
ルネ　（一歩進んで）何だと仰言るの。
モントルイユ　（声も上ずって）アルフォンスに似てしまった、怖ろしいほど。
ルネ　（微笑する）さっきサン・フォンの奥様がいいことを仰言いました。アルフォンスは、私だったのです。

権謀術数では敗北したルネが、言葉の闘いで母を圧倒する。ルネの〈闘う力〉の源泉は目の前にはいないサドとの絶対的な結びつきの確信である。

〈共犯〉の絆、闘う力の源泉

先の対話の直前、二人はこういうやりとりをする。

ルネ　……四年前のノエル、あのときに私は一つの決心を致しました。自分があの人の理解者で、護り手で、杖であるだけでは足りないということ。良人の脱獄の手引さえした貞淑な妻という幻の、その傲慢さを癒やすには、それだけでは足りないということ。……お母様、私が貞淑貞淑と口にするのは、もうそれが世のつねの貞淑の軛を免かれているからですわ。貞淑につきものの傲り高ぶりが、あの怖ろしい一夜から、きれいに吹き払われてしまいましたの。

モントルイユ　お前は共犯になったのだね。

ルネ　ええ、鳩の共犯、金髪の小さな白い花の共犯になったのですわ。女というこの手に負えない獣《けだもの》が、自分が今まで貞淑という名の獣にすぎなかったことを知ったのですわ。……お母様、あなたはまだ、ただの獣です。

モントルイユ　私はこの一生にまだ誰からもそんなことを言われたことはない。

ルネ　これからは私が何度でも申しましょう。あなたはその歯と牙で、アルフォンスを引裂いておしまいになった。

鍵になるのは、アルフォンスとルネの「共犯」である。この一体感こそルネの力の源泉にほかならない。ルネの言う母の「歯と牙」とは、「約束事や世間の望むがままの材料で出来あがった」「偽善の鎧」である。ルネは、「共犯」によってわがものとした力によって母を「獣」と罵り、この「偽善の鎧」に対する憎しみと怒りを、究極の罵倒にまで高めてゆくのである。

「裏切者」アルフォンスと敗戦後の天皇

第三幕は十二年後、局面が一転している。フランス革命が起こり、貴族階級には身の危険が迫っていた。モントルイユは、サドが王政下のお尋ね者だったことを利用して、保身のために革命権力と誼を通じる手段に使おうと考え、出獄を心待ちにしている。だがルネは、夫との訣別と修道院入りを決意する。理由は、サドが獄中で書いた小説『ジュスティーヌ』への幻滅である。サドは、悪徳の限りを尽くす姉が富み栄えてゆくのに、ひたむきに誠を貫く妹ジュスティーヌが雷に打たれて死んでしまう残酷な物語を書いた。それを知ったルネは、二幕で母に宣言した夫との一体化を撤回する。

ルネ　あれはまちがいでございました。とんでもない思いちがいでございました。むしろこう言うのが本当でしょう。

「ジュスティーヌは私です」って。

　牢屋の中で考えに考え、書きに書いて、アルフォンスは私を、一つの物語のなかへ閉じ込めてしまった。牢の外側にいる私たちのほうが、のこらず牢に入れられてしまった。私たちの一生は、私たちの苦難の数々は、おかげではかない徒労に終った。一つの怖ろしい物語の、こんな成就を助けるためだけに、私たちは生き、動き、悲しみ、叫んでいたのでございます。

　ルネはまた、「アルフォンスは天国への裏階段をつけたのです」「神がその仕事をアルフォンスにお委せになったのかもしれません。それはこれから残る生涯を、修道院の中でとっくりと神に伺ってみることにいたしますわ」と、出獄して来る夫との再会を拒んで修道院にゆくことを宣言する。

「共犯者」としてのアルフォンスは死に、裏切ったアルフォンスが生還する。だから、ルネはアルフォンスに愛想尽かしをして、余生を修道院で送る、というわけである。三島は、ルネを三島本人に、「共犯者」アルフォンスを理想の天皇に、「裏切者」アルフォンスを敗戦後の天皇の実像に、モントルイユ伯爵夫人を、いつの世にも己の権益と名誉を守ることを正義と装う上流階級の俗物群に重ねた。

三島には一九六四年に書かれた『絹と明察』という近江絹糸の労働争議を扱った作品がある。近江絹糸の夏川嘉久次社長をモデルとした駒沢善次郎は、愚鈍なほど無防備な古臭い善意の人物として描かれている。野口武彦は駒沢の死に故郷喪失を感じ取る岡野に三島を重ねている。これに対して三島が描いた、敗北する駒沢の姿を磯田光一はドン・キホーテにたとえ、「家父長倫理の挫折」と呼んだ。磯田はまた、駒沢から経営権を奪いながら、手にした利権に限りない空疎を感じる岡野をサンチョ・パンサだと言う。

花田清輝も『仮面の告白』時代の三島をサンチョ・パンサだと言っていたことが想起される。花田の目算は外れ、三島は浪曼主義に回帰する。そのため武井昭夫との『新劇評判記』の中で花田は『憂国』を酷評している。これは磯田にとってのサンチョ・パンサと花田のそれとのイメージの懸隔《けんかく》のなせるわざだろう。

花田の言うサンチョ・パンサは、時勢の主流に絶対に一体化しない冷徹な叡智《えいち》の持ち主のことである。だから、三島が過去の自分のルサンチマンに立ち戻って『憂国』などを書けば幻滅しか感じないのは当然の成り行きである。磯田の言うサンチョ・パンサは、底の抜けた直情径行で正義を追う妄想の世界に憑かれた、あぶない主人公に寄り添い、見守り、世話する者の分限を守った眼差しである。だから、仕える主人が世上の趨勢に打ち負かされて崩壊すれば、従者は空しさを感じるのである。

「人間天皇」への激しい違和感

注目すべきなのは、奥野健男が「執筆後三島由紀夫がぼくにこの主人公駒沢善次郎は今の天皇（昭和天皇）のことを象徴的に書いたのだともらしてくれた」と書いていることである。三島が、駒沢、つまり夏川社長を戦後の天皇と重ねてイメージするには、三島自身の敗戦時のトラウマと「人間天皇」になった天皇裕仁への激しい違和感を「忘れる」意識操作が必要だったはずである。

敗戦からの三島の違和と怨恨を忘れて、〈善意〉の眼差しを天皇に向ければ、近江絹糸の人権争議で敗北した夏川嘉久次の姿に、三島が〈個人〉としての天皇裕仁の孤独の悲劇を幻視したということはあり得ないことではない。

反対に、自己のトラウマを凝視しつつ、〈悪意〉を込めて天皇像を構築すれば『サド侯爵夫人』第三幕のサド侯爵と天皇裕仁が重なる、ということになる。では、この対照的な天皇像のどちらが、作家三島の軌跡に適合した天皇像と呼ぶに値すると言えるだろうか。

筆者は当然、後者を取る。理由は、二つ。ひとつは、前者では他の作品から読み取れる天皇像との重なり合いが見出せないこと、とりわけ、『英霊の声』と決定的に矛盾することである。二つ目は、『絹と明察』の連載開始時において、三島が澁澤の『サド侯爵の生涯』

を読んでいないことである。『サド侯爵の生涯』を読んで、三島に〈回心〉が訪れ、自身の天皇像に整合性を与えることができたのだと考えることができるからだ。

もちろん、それを唯一無二の絶対的な解釈とする根拠はない。しかし、「アルフォンスは私」という二幕の結末と、「ジュスティーヌは私」という三幕の反転を、ひとつの戯曲の中に組み入れないではいられなかった理由を探ると、かなりの必然性を持ってこの結論に行き着くと私は考えている。

ルネはアルフォンスとの訣別を決意する理由を、具体的な裏切り行為ではなくアルフォンスが『ジュスティーヌ』を書いたことだと言う。山本健吉が『文芸時評』（一九六九年、河出書房新社）で、それをこの戯曲の唯一の瑕疵《かし》だと指摘し、「ドラマのクライマックスに書巻の気は避けたい」と書いている。

設定上、獄中で起きた出来事に訣別の原因を求めなければならないという絶対的な制約がある以上、ほかに理由を思いつけなかったことは想像できる。しかし、二幕から三幕への反転の根拠として弱いと言われれば決定的な反論は難しい。

サドを描く戯曲ではなく、サド侯爵夫人を描く戯曲なのだから、二幕で終わる、という選択も一般的には可能だったはずである。現実原則に徹して、実の娘をも欺《あざむ》き、サドを牢獄の奥底に閉じ込めることに成功した「勝利者」が、「老いさらばえて小金を貯め込んだ、身持ちのいい売春婦」とまで娘に罵られ、手を挙げようとすると「さあ、どうぞ。もしお打ちになって、私が身をくねらして喜びでもしたらどうなさる?」と居直られて縮み上がる「敗北者」に一転する、その対立の凝縮された姿には間然するところがない。

天皇という至福の喪失

だが、そんなことは三島も先刻承知だったのではあるまいか。それでもなお、三島がアルフォンスとルネの絶対的な「共犯」から、絶対的な訣別への反転を描くことがどうしても必要であった。それは、三島のモチーフが、〈美しき夭折〉という「至福」の喪失に堪えて生きるという三島の生涯を貫いていた重圧と深くかかわっているからだと考えるのが自然だろう。三島は『サド侯爵夫人』で至福のアルフォンスの喪失を描きたかったのである。ルネの至福の根拠もアルフォンス、喪失の根拠もアルフォンスである。三島の至福の根拠は天皇、喪失の根拠も天皇である。これが対応していないわけがあるだろうか。

出獄した醜悪なアルフォンスを、三島は「女中」のシャルロットにこう語らせている。

ルネ　どんな御様子かときいているのです。

シャルロット　あまりお変りになっていらっしゃるので、お見それするところでございました。……失礼ですがはじめは物乞いの老人かと思いました。そしてあのお肥りになったこと。蒼白いふくれたお顔に、お召物も身幅が合わず、うちの戸口をお通りになれるかと危ぶまれるほど、醜く肥えておしまいになりました。……でもお名前を名乗るときは威厳を以て、こんな風に仰言いました。「忘れたか、シャルロット。」そして一語一語を区切るように、「私は、ドナチアン・アルフォンス・フランソワ・ド・サド侯爵だ」と。

（一同沈黙）

ルネ お帰ししておくれ。そうして、こう申上げて。「侯爵夫人はもう決してお目にかかることはありますまい」と。

三島は、シャルロットに「物乞いの老人か」と思うほどの変わりようで「蒼白いふくれた」顔、衣服に「身幅が合わず、うちの戸口をお通りになれるかと危ぶまれるほど、醜く肥えておしまいに」なっていると言わせている。そのくせ、高位の身分の矜持だけは失わないで、物言いにだけは「威厳」を示す、そういうサド侯爵を読者に印象づけることに力を注いだのは、これこそが戦後体制の下での天皇だと印象づけたいからにほかならない。このシーンについて柴田勝二は、こう書いている。

〈人間〉に成り下がった天皇が、とりもなおさず戦後日本の象徴であることを踏まえれば、三島はこの時点で戦後日本への訣別を宣言したのだと受け取られる。
（柴田勝二『三島由紀夫　作品に隠された自決への道』）

「英霊の声」を代行するのか

シャルロットが伝えるサドのイメージは「人間に成り下がった」という次元のものではない。地に落ちて、これ以上堕ちようもない、と示唆している。三島由紀夫は、『サド侯爵夫人』を書くことを通して、戦後象徴天皇制という、欺瞞と隷属の世界に、明確な態度を表明したのである。だがそれはまだ、サド侯爵家を舞台とした、いわば絵空事の世界である。だから、それは天皇への絶縁状ではない、まして天皇に対する何らかの批判や抗議の「行動」を意図しているわけではないと釈明することは可能である。かなり自由度の高いアンビバレンスが、三島には残されていた。三島は、『サド侯爵夫人』執筆の一年後、『英霊の声』の三カ月前に次のように書いている。

私はいつしか、今の私なら、絶対にむかしの「われら」の一員に、欣然としてなり了せることができる、といふ、甘いロマンチックな夢想のとりこになりはじめる。……ああ、危険だ！　危険だ！　文士が政治的行動の誘惑に足をすくはれるのは、いつもこの瞬間なのだ。青年の盲目的行動よりも、文士にとって、もっと危険なのはノスタルジアである。そして同じ危険といっても、青年の犯す危険には美しさがあるけれど、中年の文士の犯す危険は、大てい薄汚れた茶番劇に決まっている。そんなみっともないことにはなりたくないものだ。しかし、一方では、危険を回避することは、それがどんな滑稽な危惧であっても、回避すること自体が卑怯だといふ考え方がある。

（『われら』からの逃走――私の文学」）

自制と行動への欲求が激しくせめぎ合っている。「むかしの『われら』の一員に、欣然としてなり了せることができる、といふ、甘いロマンチックな夢想のとりこ」となって、「薄汚れた茶番劇」となりおおせることを覚悟しても、「危険を回避することは、それがどんな滑稽な危惧であっても、回避すること自体が卑怯だ」という判断にたって「行動」するのか、「そんなみっともないことにはなりたくない」という自制の声に従うのか、つまり「英霊の声」を代行するのか、「文士」の分限のうちにとどまるのか、三島はこのとき激しく揺れていたのである。

第5章　諫死もしくは天皇霊を奪い取ること

『英霊の声』を書かずにはいられない地点へ

前章で述べたように、三島由紀夫が『サド侯爵夫人』に描いた、妻のルネによる夫サドとの熱烈な連帯と、夫への訣別は、紛れもなく、三島の天皇への恋闕と敗戦後の訣別と重なり合う意味を持っていた。しかし、戯曲で直接に語られるのはフランスの貴族社会内部の確執であって、日本の戦後史などひとかけらも出てはこない。だから、三島の敗戦後の天皇の言動への訣別の表明ともとれるが、別の解釈もできる、と言いなすことはいくらでも可能だ。『サド侯爵夫人』の中に、三島の「逡巡」から「行動」への直接の、決定的な要因を読み取ることは難しい。

「逡巡」から「行動」へ、あるいは「文士」の分を守ることから決定的な〈逸脱〉へと三島を越境させたのは、一九六六年に書かれた『英霊の声』である。三島は『英霊の声』のあとがきに、参考文献として以下の書を挙げている。

幣原平和財団編『幣原喜重郎』、住本利男『占領秘録』、猪口力平・中島正『神風特別攻撃隊』、河野司『二・二六事件』、橋本徹馬『天皇と叛乱将校』、楳本捨三《うめもとすてぞう》『日本のクーデター』、高橋正衛『二・二六事件』、友清歓真《ともきよよしさね》(述)『霊学筌蹄《れいがくせんてい》』。

一九六七年の『文藝』三月号に掲載される磯部浅一の『獄中手記』を、この時点の三島はまだ読んでいない。しかし、河野司の著作などによって蹶起から弾圧に至る経過の詳細と、幣原の回想などから敗戦直後の天皇の「人間」化受け入れの経緯を、三島は把握していたに違いない。特攻隊についてはそれ以前に詳しく知ってもいただろうし、天皇の「人間宣言」で彼らが見捨てられたことへの痛恨の想いは早くから抱いていただろう。

三島は河野司編の『二・二六事件』や末松太平の『私の昭和史』に感銘を受けたと書いている（「二・二六事件と私」）。しかし、当初の目的「集められる限りの資料に目を通していたが、それで一篇の小説を書こうという気はなかった」と言う。当初はむしろ『豊饒の海』第二部の『奔馬』のための資料の渉猟《しょうりょう》であった。だが二・二六事件の資料に接して心境が一転する。

文学的意慾とは別に、かくも永く私を支配してきた真のヒーローたちの霊を慰め、その汚辱を雪《そそ》ぎ、その復権を試みようという思いは、たしかに私の裡に底流していた。しかし、その糸を手繰ってゆくと、私はどうしても天皇の「人間宣言」に引っかからざるをえなかった。（中略）どうしても引っかかるのは、「象徴」として天皇を規定した新憲法よりも、天皇御自身の、この「人間宣言」であり、この疑問はおのずから、二・二六事件まで、一すじの影を投げ、影を辿って「英霊の聲」を書かずにはいられない地点へ、私自身を追い込んだ。自ら「美学」と称するのも滑稽だが、私は私のエステティックを掘り下げるにつれ、その底に天皇制の岩盤がわだかまっていることを知らねばならなかった。それをいつまでも回避しているわけには行かぬのである。

（「二・二六事件と私」）

これが、『英霊の声』の執筆動機である。理念としての天皇への恋闕ゆえに、磯部浅一ら二・二六事件の蹶起将校と、「神」であった天皇に命を捧げた特攻隊員への、「人間宣言」による裏切りが絶対に許せなかった三島由紀夫は、彼らの霊になり替わって彼らの怨念を作品として結実させせずにはいられなかったのである。

「人間天皇」を呪詛する怨霊たち

『英霊の声』は夢幻能を小説に適用した形式で書かれている。怨霊を呼び出す儀式が行われ、呼び出された怨霊は盲目の霊媒（川崎君）に憑依し、切々と想いを語る。前シテには兄神が、後シテには弟神が登場する。「兄神」の怨霊は二・二六蹶起将校、なかんずく、磯部浅一を思わせる。

兄神たちは、蹶起の結末に二つの結末を思い描いていたことを明らかにする。ひとつは、天皇が蹶起の志と行動を褒《ほ》めたたえ、ただちに親政を始めることを兄神たちに約束すると いうものである。もうひとつは、蹶起の志を受け入れ、親政を始めることを兵士たちに約束するが、そなたたちは死なねばならぬと自決を命じる、というものだ。蹶起者たちは第二の命令も欣然《きんぜん》と受け入れるつもりだったと語る。だが、現実はそのいずれでもなく、天皇は直ちに逆徒として処刑することを命じた。怨霊たちはこの天皇の決断を、怒りを込めて様々に語る。

その中で、天皇が二・二六蹶起について「日本もロシヤのようになりましたね」と言ったということを知った獄中同志の怒りや、蹶起に対する天皇の「今回のことは精神の如何を問わず、甚《はなは》だ不本意なり、国体の精華を傷つくるものと認む」という発言や「朕《ちん》が股肱《ここう》の臣を殺した青年将校を許せというのか。戒厳司令官を呼んで、わが命を伝えよ。速やかに事態を収拾せよ、と。もしこれ以上ためらえば、朕みずから近衛師団をひきいて鎮圧に当るであろう」といった発言が引かれる。

「日本もロシヤのようになりましたね」という発言は、天皇裕仁がボリシェビキによるロシア革命と二・二六の蹶起を同じものと見なしたことを意味する。蹶起将校は共産主義に対して、敵対的な思想を抱いていたから、ロシアと同じ、というのは彼らにとって最大の侮辱だったに違いない。天皇の弾圧督促についての怒りには説明を要しないだろう。

兄神はこう言う。

血の叫びにこもる神への呼びかけは
ついに天聴に達することなく、
陛下は人として見捨てたまえり、
かの暗澹たる広大なる貧困と
青年士官らの愚かなる赤心を。（中略）
このいと醇乎たる荒魂《あらみたま》より
人として陛下は面《おもて》をそむけ玉いぬ。
などてすめろぎは人間《ひと》となりたまいし。

「かの暗澹たる広大なる貧困」とは、蹶起将校たちが見据え、かつ蹶起の最大の動機であった、自らの出身地の寒村などで頻発する娘の人身売買に象徴されるような凄まじい貧困のことである。良家の出身である三島にはリアリティが薄かったかもしれないが、この作品では、三島は兄神、弟神のイタコになっているのだからこの一行が不可欠だったのだろう。

次いで、霊媒に降臨して来る「弟神」は、「兄神」によって「われらに次いで、裏切られた霊である。第二に裏切られた霊である」と紹介される。弟神は特攻隊の姿で現れ、出撃に至るさまが綿々と語られる。彼らの怒りの的は「人間宣言」へと絞り込まれる。

忠勇なる将兵が、神の下された開戦の詔勅によって死に、さしもの戦いも、神の下された終戦の詔勅によって、一瞬にして静まったわずか半歳あとに、陛下は、

「実は朕は人間であった」

と仰せ出されたのである。われらが神なる天皇のために、身を弾丸となして敵艦に命中させた、そのわずか一年あとに……。

怨念は天皇への殺意には至らない

そして最後には、兄神たちと弟神たちが声を合わせて激しい怨嗟を繰り返すのである。

わが祖国は敗れたれば

敗れたる負目を悉《ことごと》く肩に荷うはよし（中略）
抗すべからざる要求を潔く受け容れしはよし、
されど、ただ一つ、ただ一つ、
いかなる強制、いかなる弾圧、
いかなる死の脅迫ありとても、
陛下は人間《ひと》なりと仰せらるべからざりし。
世のそしり、人の侮りを受けつつ、
ただ陛下御一人《ごいちにん》、神として御身を保たせ玉い、（中略）
神のおんために死したる者らの霊を祭りて
ただ斎《いつ》き、ただ祈りてましまさば、
何ほどか尊かりしならん。
などてすめろぎは人間《ひと》となりたまいし。
　などてすめろぎは人間《ひと》となりたまいし。
　　などてすめろぎは人間《ひと》となりたまいし。

祟り神たちの恨みの強さに堪えかねて霊媒は死ぬ。すると、霊媒の死に顔が「何者かのあいまいな顔に変容しているのを見て」人々は慄然とする。瀬戸内寂聴（当時、晴美）の「奇妙な友情」（『群像』一九七一年二月号）によれば、瀬戸内はこの作品を読み、「何者かのあいまいな顔」とは天皇裕仁を示唆していると察知し、三島に手紙を書いた。三島はそれに対して、

御慧眼に見破られたやうです。……小さな作品ですが、これを書いたので、戦後二十年生きのびた申し訳が少しは立ったやうな気がします。
（「瀬戸内晴美宛の書簡」昭和四十一年五月九日、全集補巻、二〇〇五年、二一七頁所収）

と応答している。

注目すべきは、小説の中で天皇ではなく、霊媒を死なせていることだ。怨嗟や糾弾の刃が天皇に直接及んでいない。文芸評論家島内景二は『三島由紀夫――豊饒の海へ注ぐ』で、『神国』を護るために尊い命を捨てた無数の英霊たちの憤怒は行き場を失う。このまま放置すれば、その怒りが天皇本人に向かいかねない。だから『英霊の声』では、『川崎君』が天皇の代わりに死んでいった」と書いている。天皇へのこの気遣いというかタブーというか、怨念が天皇への殺意に至らないところが、天皇主義者三島由紀夫の真骨頂というべ

きなのであろうか。あるいは、後には心境に変化を来したのだろうか。

磯部浅一『獄中手記』に見る「怒髪天」

『英霊の声』は三島の転機となった。三島は、秋山駿との対談で

「英霊の声」を書いた時から、生々《いきいき》してきちゃったんですよ。人がなんと言おうと、自分が生々していればいいのですからね。あれはおそらく一つの小さな自己革命だったのでしょう。とてもよかった。

（「私の文学を語る」『三田文学』一九六八年四月号、全集40巻）

と語っている。これからは言いたいことを言う、ということである。ほどなく、磯部浅一の『獄中手記』が公になった。そこには、天皇や君側の奸に対する磯部の凄まじい呪詛が繰り返し書き連ねられている。

『獄中手記2』は、共同被告のうち十五人が処刑された二週間後に始まっている。断腸の思いを綴ったのち、まず、君側の奸への呪詛が記される。

神国をうががう〈うかがう〉悪魔退散　君側の奸払い給え　牧ノ（牧野伸顕《のぶあき》のこと）、西園寺、湯浅（倉平）、鈴貫（鈴木貫太郎のこと）、寺内（寿一）、梅津〈美治郎〉、磯貝〈廉介〉、外軍部幕僚、裁判長石本寅三外裁判官一同、検察官予審官等を討たせ給え　彼等の首を見る迄は一寸も退き申さぬぞ　日本の神々は正義を守る可きに何と云う事だ　正義を守らず　正義の士を虐殺し却って不義を助けるとは何たるざまぞ　菱海の云うことをきかぬならば　必ず罰があたり申すぞ……

（『獄中手記2』）

『獄中手記』八月十四日にはこうある。

余は日夜、陛下に忠諌を申し上げている、八百万の神々を叱っているのだ、この意気のままで死することにする

天皇陛下　何と云う御失政で御座りますか、何故奸臣を遠ざけて、忠烈無双の士を御召し下さりませぬか

八百万の神々、何をボンヤリして御座るのだ、何故御いたましい陛下を御守り下さらぬのだ

天皇に対する苛立ちが次第に昂じてきて、『獄中手記』八月二十八日にはこう書かれている。

今の私は怒髪天をつくの怒にもえています、私は今は、陛下を御叱り申上げるところに迄、精神が高まりました、だから毎日朝から晩迄、陛下を御叱り申して居ります天皇陛下　何と云う御失政でありますか、何と云うザマです、皇祖皇宗に御あやまりなされませ

他方、神々に頼んでみても始まらぬから、自分が神になる、という発想も『獄中手記2』の冒頭近くから見出される。

余は神様などにたのんで見た所でなかなか云うことをきいて下さりそうにもないから　自分が神様になって所信を貫くことにした、必ず所信を貫いてみせる、死ぬるものか　殺されるものか、十八士を虐殺したる奴輩の首は必ずとってみせる

皇居占拠の可能性は本当になかったのか

引用した個所はいずれも激情に溢れているが、『獄中手記』には、裁判の不公正、権力の作為、それに対する抵抗の戦略などが冷静に記されている部分もある。また、蹶起将校たちの目指した天皇親政権力樹立の思想も述べられている。天皇への態度はアンビバレントである。

一方では、敵は君側の奸という視点から「御いたましい陛下」と言っているが、他方では、「天皇陛下　何と云ふ御失政でありますか、何と云ふザマです」と責任の所在は天皇自身である、という見方を示してもいる。「今度こそは宮中にしのび込んででも、陛下の大御前ででも、きっと側近の奸を討ちとります」とも書いていて、皇居を占拠して、天皇の前での流血もいとわないという発想も磯部になかったわけではないことがわかる。

しかし、中公文庫版の『獄中手記』に寄せられた筒井清忠の解説は、至極明快に次のように言う。

それは国体論という枠組みの中で起きていることなのであり、どこまで行っても天皇信仰自体が否定されるわけではない。（中略）

従って、「叱責」と言っても「天皇」への渇仰の甚だしいところから出てきているのであり、自分が理想とする天皇像はどこまでも追求されていき、「宮中にしのび込んででも、陛下の大御前ででも、きっと側近の奸を討ちとります」ということにまでなるのである。しかし「追求」もここまでであって、これで聞き届けられなければ、結局は「諫死」するということになるであろう。そして宮中まで入らなかった二・二六事件自体もそのような構造（天皇への最終的「強制」はしない）で成り立っていたのである。蹶起前に北一輝が村中らに宮城占拠を戒めたのもかかる観点からであった。いわゆる「恋闕の情」とはそういうものであろう。

思想の性格からして、皇居占拠も、天皇拘束も、天皇の眼前での殺戮も、ましてや弑逆も絶対にない、というのである。

だが、果たしてそうだろうか。磯部はもう少し物騒なことを考えていたのではあるまいか。北一輝の『国体論及び純正社会主義』の国体論批判は「国体論の枠組みの中」の思想ではない。「国民の総代表」である天皇を殺す発想は北にもなかっただろうが、『日本改造法案大綱』の天皇制観は、天皇大権を道具に使った革命論であり、現人神への崇敬は見られない。北は広義の天皇機関説に立っている。

磯部は北に心酔していた。『獄中手記』に磯部が書いている「革命は順逆不二の法門」ということばも仏典に依拠した北一輝の箴言である。「順」を徹底すれば殉死をいとわぬ一体化であり、「逆」を徹底すれば弑逆に行き着く。それが「不二」だという思想を抱いた人物の影響下で蹶起したリーダーが、最後は「諫死」とはじめから決めていて、それ以外は考えられないとは言えないのではないか。とりわけ、天皇に裏切られたと知った後の磯部が、現実にはあり得ない「次」を構想するに際しては、皇居占拠も弑逆も想定していたように思えてならないのである。

こんなことに拘るのは、そこに三島の「蹶起」の構想がかかわってくると考えるからだ。戦後長い時間が過ぎてからの証言だが、二・二六事件の共同被告のひとり末松太平は、『証言　昭和維新運動Ｉ』の中で、皇居占拠や天皇拉致の計画はなかったと証言している。だが、末松は、「二・二六をつぶしたのは天皇ですよ。そのウラミは僕にもありますよ」と言い、真崎甚五郎や荒木貞夫など「革命される側の人間を信頼するというのが間違いのもと」だったと言い、磯部の『獄中手記』についても「あれは赤ん坊が泣いて、『お母ちゃんのバカ、バカ』って言って、胸をたたいているようなものですよ」と喝破している。天皇に対する甘えを指摘するこの冷徹さには端倪《たんげい》すべからざるものがある。

ここには、天皇に甘えた蹶起は失敗だった、歴史に「もし」を云々するのは不毛とはいえ、もしもう一度、自分に機会があったら、天皇に甘えない蹶起、つまりは皇居占拠と天皇に対して天皇親政政権の樹立を要求し、天皇が拒否したら身柄を拘束するくらいのことはやりたかったという末松の想いがあったのではなかろうか。

三島は末松の『私の昭和史』を読んで絶賛している。三島の晩年まで、この二人に親交があったことは『三島由紀夫の世界』で村松剛が証言している。ただ、三島の割腹に末松は反対だったらしく、三島の死後には三島たちの「蹶起」について絶対に何も語らなかったという。

末松にしてみれば、自衛隊内部に反乱の機運があるのならともかく、憲法九条の下にある自衛隊のもとに行って、自衛隊員に蹶起を呼び掛けるのは不毛だし、それが天皇を標的にした行動であるとしたら、「天皇大権」のない象徴天皇制下では、三島の死は徒花《あだばな》だ、という思いだったのではあるまいか。

磯部浅一と「道義的革命」

「『道義的革命』の論理」で、三島は、磯部の『獄中手記』を、公表に先立ってゼロックスでコピーされた草稿で読んだと書いている。三島が提示している重要な論点のひとつは、磯部たちの革命の性格の独自性に関する規定である。それを三島は二・二六事件を、「より『正統的な』道義」によって、明治憲法体制が装った「道義国家」の擬制を転倒しようとする「当為《ゾルレン》の革命、すなわち道義的革命の性格を」帯びたものだったと定義し、ロシア革命のような制度革命と区分した。

あらゆる制度は、否定形においてはじめて純粋性を得る。そして純粋性のダイナミクスとは、つねに永久革命の形態をとる。すなわち日本天皇制における永久革命的性格を担うものこそ、天皇信仰なのである。しかしこの革命は、道義的革命の限定を負うことによって、つねに敗北をくりかえす。二・二六はその典型的表現である。

これに反して、制度（体制）全否定の変革は、その制度自体の純粋性に関わることがない。従って、敵である制度に対していかなる意味でも道義的責任を免れている。

（「『道義的革命』の論理」『文化防衛論』所収）

二・二六事件のような「道義的革命」とロシア革命のような制度全否定の変革という、相異なる二つの変革の極限形態は、社会悪への倫理的憤激の最終的な責任を「自己に負うか、他者に負わせるか」に引き裂かれ、自己に負うとすれば自刃《じじん》へ、他者に負わせれば「制度自体の破壊」に行き着くと三島は考える。そして、磯部の思想は、一方で自刃を強く否定しながら、「道義革命的性格を貫通しつつ、最後に何ものかを『待っている』ところに特色がある」と三島は理解している。三島はこの「待つこと」が道義的革命の限定性だと言うのである。「何ものか」とは、一般化すれば神意とか天意というようなものであろうが、磯部たちが「待った」のは「大御心」であり、「大御心」に裏切られて敗北したのである。

三島が、自衛隊員に向けて書いた「檄」にも、「われわれは四年待った。最後の一年は熱烈に待った。もう待てぬ。自ら冒瀆する者を待つわけには行かぬ」という一文がある。この「待つ」と磯部の「待つ」との間には微妙な差があるように思われる。磯部は、蹶起して、「大御心」を待った。三島は「もう待てぬ。自ら冒瀆する者を待つわけには行かぬ」といって、自衛隊東部方面総監室を占拠し、自衛隊員たちに呼びかけた。三島が待っていたのは「大御心」ではなく、蹶起に最適の潮目が来ることであったように思える。そして、待ちきれなくなって行動に出た、ということだろう。この違いは、行動の後で天皇に幻滅した磯部と、あらかじめ天皇には幻滅していた三島の違いであるのかもしれない。

また、三島は、磯部の手記の最大の史料的価値を、逮捕後の「暗黒裁判」の実態を明るみに晒したことにあると評価する。暗黒裁判とは、裁く側が、裁く側の都合で、事実を隠蔽したり捻《ね》じ曲げたりして、被告である蹶起将校の大義名分を剝奪していったことを言う。

軍当局は、蹶起の直後には先に引用したように、川島陸相の告示を出し、さらには軍事参事官会議が蹶起軍を「友軍」とする「口達」を出した。にもかかわらず、天皇による徹底弾圧の指示が出てから掌を返したわけである。だから、裁く側は脛《すね》に傷を持っている。

磯部は自分たちが極刑に処せられるなら、軍部中枢からも多くの「共犯者」が出るようにと、追い詰められながらも、法廷闘争でこの「脛の傷」を徹底的に衝《つ》く戦術をとった。磯部は獄中のこの闘いを、遂に刀折れ矢尽きるまでやめなかった。最後の標的は、蹶起に至るまで一貫して磯部たちにすり寄っていた真崎甚五郎だったが、これも逃げ切られる。末松太平の言うように、真崎や荒木を信じたほうの失敗ではあったのだろうが……。

橋川文三は、「テロリズム思想の精神史」（『歴史と体験』所収）で、磯部の手記に記された国体論によるテロリズムの神学は「日本国体思想というあいまいな『神学』に対して、論理的に可能な、もっとも明確な定式化を提示したものであった。それはいわば明らかに神学的な『異端』の例であり、そのことによって、逆に日本の正統的な国家神学の本体を明らかにしたといいうるものであった」と述べている。その上でこう言う。

磯部の獄中の手記が……悪鬼羅刹の面影をあらわしているのは理由なしとしない。それは、日本の国体論者が、その限界状況において、かえって致命的な国体否定者に転化する劇的な瞬間を記録している。磯部の手記を読むものは、あるいはそこにドストエフスキーの『大審問官』の問題を感じ取るかもしれない。

（同前）

「大審問官」とは、『カラマーゾフの兄弟』の次兄イヴァンが、弟のアリョーシャに聞かせる、十六世紀に出現したイエス・キリストと、その時代の大審問官の教理問答のドラマである。問答といっても、語り続けるのは大審問官で、イエスは終始黙っている。そこでは、信徒がイエスを崇める根源的な三つの根拠を、大審問官の現実主義が次々と打ち破ってゆく、いわば悪魔の神に対する勝利の物語である。

三島は弑逆まで視野に入れていたのか

橋川は、磯部たちの過激な国体論思想による「革命」が、国体論の否定に通じる可能性を見ようとしている。これに対して、三島は、必ずしも磯部たちは国体論の否定を試みたのではない、と異議を唱える。三島は、磯部らの「道義的革命」は〈癒し難い楽観主義〉に裏づけられており、裁判が客観的に見て被告たちの処刑を以て終わることが不可避となってもなお揺るがなかったという。この楽観主義を可能にしているのは、自ら神となることによる肉体の不死の信念であり、この信念を現人神信仰から学んだのだと三島は言うのである。

　磯部は自ら神となった。神が神自身を滅ぼすとは論理的矛盾である。神はその形代《かたしろ》を救済しなければならない。（中略）そのとき実は無意識に、彼は自刃の思想に近づいていたのではないか、と私は考えている。天皇と一体化することにより、天皇から齎らされる不死の根拠とは、自刃に他ならないからであり、キリスト教神学の神が単に人間の魂を救済するのとはちがって、現人神は、自刃する魂＝肉体の総体を、その生命自体を救済するであろうからである。

（「『道義的革命』の論理」）

　ここにも別の教理問答がある。橋川が国体論をつきぬけた地平に二・二六の思想と行動を位置づけようとしているのに対して、三島は国体論の内部、つまりは現人神信仰の体系の内部で理解しようとしている。それはまた磯部を、磯部が『獄中手記』に「絶対の真理」と記した北一輝の『日本改造法案大綱』の思想で読み解くのか、国体論の思想の内部で読み解くのかという差異にも繋がる。

末松は北が天皇を崇拝していたと証言しているが、『国体論及び純正社会主義』を書いた北一輝は、国体論の徹底的批判者であって国体論者ではない。磯部は、北に心酔したが、そもそもは天皇への「恋闕」から出発する思想の持ち主だった。三島はその乖離に気づいていた。それゆえ、「二・二六事件の悲劇は、方式として北一輝を採用しつつ、理念として国体を戴いた、その折衷性にあった」(「二・二六事件と私」)と書いたのだろう。そしてそれは、三島の「蹶起」の論理にも影を落としてゆくことになる。

それでも、磯田光一の証言(磯田・島田雅彦「構造文化の時代」、『新潮』一九八六年八月号)では、三島が、切腹する前に本当は皇居に入って天皇を殺したいが、それはできないので自衛隊にしたと漏らしたと言う。これが事実なら皇居占拠と弑逆まで一応視野に入っていたことになる。しかし、慎重な三島が事前に外部に漏らすはずがないと持丸博がそれに疑義を呈している(『証言 三島由紀夫・福田恆存 たった一度の対決』)。持丸は「言うはずがない理由」を三島の慎重さに帰しているが、そもそも、天皇を殺すという発想が三島にあったかどうか、という点についてはさらに検討が必要である。

『文化防衛論』が語る「文化概念としての天皇制」

三島は一九六八年に、『文化防衛論』という、直接「蹶起」の思想に結びつく著作を発表した。そこには、他の戦後右翼には珍しい三島独自の立場が明らかにされている。三島は「文化概念」としての天皇の復活を提唱する。それは政治概念としての天皇制とは違う。三島は、明治維新によって成立した近代天皇制の本質を「文化の全体性の侵蝕の上に成立ち、儒教道徳の残滓をとどめた官僚文化によって代表されていた」という視点から全否定する。否定は戦後天皇制だけではなくて、「みやび」を見失った明治天皇制にも及んでいるのだ。

王朝文化を「日本文化」と定義し、建武の中興で政権の移動だけでなく王朝文化が復活したことを高く評価する三島の「日本文化」の概念には、私は全然同意できない。単一の「日本文化」などというものは存在しないし、その単一の文化が天皇によって包摂されるものだなどという認識は到底賛同しがたい。

しかし、その文化概念に依拠して、明治国家の推進した、富国強兵・殖産興業を否定し、英米を模倣した近代化の推進主体である官僚システムを儒教道徳の残滓として否定する発想には、注目すべきものがある。これは、三島流の「やまとごころ」によって立った「からごころ」つまり外国模倣・西欧崇拝への批判である。三島はその「文化概念としての天皇制」における「みやび」についてこう述べる。

このような文化概念としての天皇制は……時間的連続性が祭祀につながると共に、空間的連続性は時には政治的無秩序をさえ容認するにいたることは、あたかも最深のエロティシズムが、一方では古来の神権政治に、他方ではアナーキズムに接着するのと照応している。

「みやび」は、宮廷の文化的精華であり、それへのあこがれであったが、非常の時には、「みやび」はテロリズムの形態をさえとった。（……）桜田門の変の義士たちは、「一筋のみやび」を実行したのであって、天皇のための蹶起は、文化様式に背反せぬ限り、容認されるべきであったが、西欧的立憲君主政体に固執した昭和の天皇制は、二・二六事件の「みやび」を理解する力を喪っていた。（中略）

（……）そして戦後のいわゆる「文化国家」日本が、米占領下に辛うじて維持した天皇制は、その二つ（時間的連続性と空間的連続性）の側面をいずれも無力化して、俗流官僚や俗流文化人の大正的教養主義の帰結として、大衆社会化に追随せしめられ、いわゆる「週刊誌天皇制」の域にまでそのディグニティーを失墜せしめられたのである。

三島はまた、敗戦と占領政策によって、ディグニティーが失墜せられたというにとどまらず、六〇年代の左翼運動による更なる「失墜」に強い危機意識を抱いていたのであろう。それゆえ『文化防衛論』のモチーフの中心が、天皇の文化を〈護るための闘い〉に置かれており、文化と文化を護る武力が紛れもなく一体のものとして把握されている。橋川文三はそこを衝いた。

橋川は、「美の論理と政治の論理――三島由紀夫『文化防衛論』に触れて」で、天皇と軍隊を直結する志向が三島にある限り、文化概念としての天皇は、政治概念としての天皇にすり替わると批判した。

これに対して三島は、文化の全体性の一要件である空間的連続性の内容は「言論の自由」だと言い、「言論の至りつく文化的無秩序と、美的テロリズムの内包するアナーキズムとの接点を、天皇において見出さうといふのです」と橋川に応じている。橋川は、テロリズムは政治だという前提に立っているのに、三島は、テロリズムは「みやび」であって、文化概念に属すると真面目に言っているのである。三島は「反革命宣言」でこう言う。

戦いはただ一回であるべきであり、生死を賭けた戦いでなくてはならぬ。生死を賭けた戦いのあとに、判定を下すものは歴史であり、精神の価値であり、道義性である。

（「反革命宣言」）

読む限りこの「戦い」に政治目的はないのだ。福田和也は、「戦い」が一回きりだということは「実効性をはなから勘定に入れない」ことを意味し、その理由は、

その戦いは、行為は、いかに純粋で、かつ決定的なものであるか否か、ということだけが問われるからだ。ここで、「政治」は、跡形もなく殲滅される。

（『文化防衛論』解説「扇動者としての三島由紀夫」）

と書く。橋川の、文化概念の天皇が武力と結べば政治になるという客観的視線と、それでも、そこには政治はなく、あくまでも「みやび」のテロリズムという文化があるという三島の主観は完全に行き違ったままである。行き違ったまま、「行動」へと三島は近づいて行った。

「みやび」としての行動へ

ここで、前章の最後に引用した「政治的行動」への衝動と抑制をめぐるエッセーにもういちど立ち戻っておきたい。

中年の文士の犯す危険は、大てい薄汚れた茶番劇に決まっている。(a)そんなみっともないことにはなりたくないものだ。しかし、一方では、(b)危険を回避することは、それがどんな滑稽な危惧であっても、回避すること自体が卑怯だといふ考え方がある。

(a)(b)の挿入は引用者）

正にこの時期に、(a)から(b)への転換がはじまった、ということであろう。もちろんここで言う「政治的行動」は、先に述べたように、三島の中では「文化」に属する。「美しい作品を作ることと、自分が美しいものになることとの、同一の倫理基準の発見」という三島のテーマが、「みやび」としてのテロリズム、すなわち皇居占拠と流血、もしくはその後の「自刃」へ向けて、あるいは「神になること」へ向けて動き出したと言えるのかもしれない。

芸術的な美に相応しい生身の身体への三島の憧憬のはじまりは、ギリシャ旅行に遡るから、一九五〇年代である。三島は、五五年からボディビルをはじめ、五八年には剣道を始めている。鍛えた肉体を人目に晒したがるようになるのは、その少し後である。一九六〇年には『からっ風野郎』に主演した。六三年に刊行された細江英公の写真集『薔薇刑』の被写体になった。

既述したように武道への執着は、六〇年代に入っていよいよ高まり、剣道は、六一年に初段、六三年に二段、六四年に三段、六六年に四段、六八年には五段に昇進している。居合を六五年末から始め、六九年に二段になった。六七年には空手を習い始め、七〇年六月に初段になっている。

「行動」する同志との出会いの模索も始めた。主な著作と対応させながらその軌跡をたどってみたい。

一九六六年末（六月に『英霊の声』を『文藝』に発表）、『論争ジャーナル』という右翼政治思想雑誌を準備中だった万代潔が三島のもとを訪ねている。

翌六七年一月、三島は『論争ジャーナル』の万代潔、中辻和彦、日本学生同盟（日学同）の持丸博の来訪を受けた（この月『豊饒の海』第一部『春の雪』連載完結）。

四月には「平岡公威」として単身で自衛隊に一ヵ月余り体験入隊した。六月、「早稲田大学国防部」の森田必勝に出会い、七月には「早稲田大学国防部」の学生と自衛隊体験入隊をしている。

十一月には民兵組織「祖国防衛隊」の構想試案のパンフレットを『論争ジャーナル』グループと共同で作成した。

十二月、のちに三島の「蹶起」の相談相手となる元陸軍少佐山本舜勝《きよかつ》と初めて対面している。

六八年三月、学生たちと再び自衛隊に体験入隊する。以後数次にわたって体験入隊を繰り返した。

五月には日学同の合宿に林房雄、村松剛とともに参加した（七月「文化防衛論」『中央公論』に発表、八月『奔馬』連載完結、九月『暁の寺』連載開始）。

十月、「祖国防衛隊」を「楯の会」と改称して正式結成した。十月二十一日には楯の会として国際反戦デーを視察している。この「視察」は山本舜勝の指揮によって楯の会のメンバーをデモ隊の中に潜入させるなどして行ったという（十二月「反革命宣言」）。

「承詔必謹」を否定する道筋

もうひとつ、三島の〈態度決定〉を考える上で忘れてならないのは一九六七年十月に初演された戯曲『朱雀家の滅亡』である。

朱雀経隆は「堂上華族」（近代以前の宮廷で貴族の身分を得ていたがゆえに明治になって爵位を与えられたエスタブリッシュメント）の侍従として天皇を護ることを使命としている。経隆は首相の横暴を制するために奮闘し、失脚させることに成功する。確かに侍従としては出すぎた真似だが、君側の奸の放逐に成功したのだから、お上（天皇）が喜んで、経隆の功をねぎらってくれるかと思いきや、そうではなかった。

経隆　……ここ数日、私は一世一代の大仕事をやってのけた。先祖が誰もやらなかったほど、戦いに戦い抜いた。私がお上のお心に沿うようにと思って、全身全霊をあげてしたことだ。事は終った。誰もできないと考えていたことがやりとげられた。……私は御前に伺候して、事の落着を言上した。お受けになるお上の御目にお喜びの色を望んだとしてもふしぎはあるまい。しかし、何も仰言らなかったが、そして私にだけはわかるのだが、その一瞬、お上の御目には、一点、お悲しみの色があった。

……わかるかね。それが私のお暇を願い出た原因だ。お上のお心はこう仰せだった。「何もするな。何もせずにおれ」……どういう意味か、私には直下にわかる心地がした。

すでに妻はない。やがて、女中のおれいとの間に生まれた息子経広が出征して戦死し、おれいは空襲のため防空壕で死に、朱雀家は崩壊する。経広の許嫁だった璃津子は、経隆を激しく詰る。

璃津子　滅びなさい。滅びなさい！　今すぐこの場で滅びておしまいなさい。
経隆　（ゆっくり顔をあげ、璃津子を注視する。——間《ま》。）どうして私が滅びることができる。夙《と》うのむかしに滅んでいる私が。

三島は「『朱雀家の滅亡』について」の中で、「この芝居の主題は、『承詔必謹』の精神の実存的分析ともいへる」と言っている。「承詔必謹」とは、「天皇の命じたことには絶対に逆らうことなく従ふ」といふ忠義のひとつのモデルである。あるいは主題は「狂気としての孤忠」「滅びとしての忠節」だとも言ふ。また、かうも語っている。

君臣の愛も恋愛感情と同じで、主観から生まれた忠義は周囲の人を滅ぼしてしまうこともあるんです。だがそうだからといって、忠義の純粋性は失われるものではないし、ヒューマニズムに立脚しない忠義はいかんというつもりも、私にはない。要するに、忠義とはそういうものだといいたいのです。
（「三島由紀夫『朱雀家の滅亡』の三島由紀夫——著者との対話」全集24巻）

研究者たちの多くは、三島の発言を字義通りに受け取って、『憂国』などとは違った、忠義の形を描いたと解釈するようだ。だが、忠義の別のプロトタイプを一般論として示したからといって、作家にも読者にも何の面白みもないではないか。三島が、家族を死に至らしめたヘラクレスの「狂気」と、経隆の「承詔必謹」ゆえの無為を類比するのは、韜晦《とうかい》にしか思えない。

天皇主義者が天皇への畏敬ゆえに回避する表現を取り払ってしまえば、『朱雀家の滅亡』は、何もするなという天皇の命令を聞いてばかりいれば、自分も日本も天皇も滅びてしまう、という寓話だと読むのが順当だろう。つまり、戦後の「無為」の天皇と、堂上貴族としての忠義から天皇と一体化する「無為」の朱雀経隆には、滅びの運命が待っている、ということにほかなるまい。かくて、承詔必謹の否定から、英霊の意思を代行する行動へ、順逆不二の門へ、という心理的なレールが敷かれていったのではあるまいか。

最後のライフワーク『豊饒の海』

三島の心事に重大な変化が進行していた時期、三島は最後のライフワークを構想し、執筆していた。『豊饒の海』の連載が始まったのは六五年九月である。三島は、はじめから七〇年の十一月二十五日の「行動」を見据えていたわけではない。『豊饒の海』は、『浜松中納言物語』からの、いわば「本歌取り」で、大きな骨格は、二十歳で夭折する主人公の輪廻転生の物語と決められていた。しかし、細部の構想は何度か練り直されながら書き継がれた。

全編を貫通する主人公、三島の視点の代行者あるいは見届け人として本多繁邦が設定されている。「見者」本多は『禁色』の檜俊輔に似ている。檜俊輔が三島の分身であるのと似た意味で、本多繁邦は三島のドッペルゲンガーとも言える。作品全体が本多繁邦の輪廻転生の〈夢想〉を綴ったものとも読めるように構成されている。

『春の雪』は一九一二年（明治末年）から一九一四年（大正三年）の出来事である。本多の級友に勲功《くんこう》華族（維新以後、勲功を立てたことにより爵位を与えられた新興華族）の侯爵家に生まれた松枝清顕がいる。清顕が、この部の主人公である。

清顕は堂上華族綾倉聡子の恋人であるが、聡子が皇族と婚約することとなり恋路を妨げられる。それでも女中の手引きで逢瀬を重ね、聡子は妊娠する。交際と妊娠が露顕して聡子と皇族の縁談は破談となる。聡子は強制的に妊娠中絶させられ、月修寺で剃髪して尼僧になる。清顕は、大正三年の二月二十六日、雪の中を月修寺に聡子に面会に行くが、会うことを拒まれる。雪の中で聡子を待ち続けた清顕は肺炎をこじらせて二十歳で死ぬ。死に際に清顕は本多に滝の下でまた逢う、と言い残す。

『奔馬』はその十八年後、一九三二年からの出来事である。三十八歳の本多は判事になっている。本多は滝の下で飯沼勲という剣道に長けた少年に遭遇する。勲には清顕と同じ三つの黒子があった。清顕の生まれ変わりと察知した本多は慄然とする。この飯島勲がこの部の主人公となる。勲は成人すると、政財界の腐敗に憤る軍人などと志を共にして武装蹶起を計画する。

だが、父や恋人に裏切られて発覚し逮捕される。判事をやめて弁護士になった本多の弁護で勲は微罪となり出獄するが、同志は四散する。勲は、テロの対象のひとりだった財界の黒幕蔵原武介を単独行動で殺す。官憲の追跡からの逃亡の末、勲は割腹する。深夜の出来事だが、割腹した勲の脳裏に「太陽が赫奕として」昇る。

『暁の寺』は一九四一年からはじまる。四十七歳の本多は訴訟の仕事でシャム（タイ）の王子とともにバンコクに滞在し、勲の生まれ変わりだという七歳の月光姫《ジン・ジャン》に出会う。インドに赴いた本多は、仏教思想に触れ、輪廻転生・唯識の思想に深入りして行く。

一九五二年、仕事で巨万の富を得た本多は御殿場に別荘を建てる。そこで久松慶子という人物と知り合い誼を通じる仲となる。様々な旧知の人物が別荘を訪れる。その中に、十八歳になったジン・ジャンがいた。再会したジン・ジャンに本多は年甲斐もなく恋心を抱き、ジン・ジャンの寝姿を覗く。すると、そこには久松慶子と、女同士で抱き合うジン・

ジャンの姿があった。そのジン・ジャンには清顕や勲とおなじ三つの黒子があった。やがて別荘は火事になり、客に死者が出、ジン・ジャンの消息も途絶えてしまう。十五年の後、本多は日本大使館で、ジン・ジャンと瓜二つの女性に出会い、自分はジン・ジャンの姉であり、妹は二十歳のときコブラに嚙まれて死んだと知らされる。

『暁の寺』脱稿の後、三島は極限的な「いいしれぬ不快」に陥ったと語っている。前年の一九六八年の国際反戦デーで、三島は警察では鎮圧できなくなる可能性のある新左翼の激しい「暴動」を目撃した。再びこの規模の大衆行動が起きれば、それを鎮圧するために自衛隊が出動することになり、それによって自衛隊を国軍にできる可能性が生まれる、と期待した。

　にもかかわらず、一九六九年の国際反戦デーのデモは、警察によって完全に制圧されてしまい、自衛隊を国軍に転化する機会は失われたと判断した。この失望が、「不快」の誘因と考えられる。左翼の暴動と「国軍」としての自衛隊の対決の下で、自身と楯の会の同志が命を賭けて行動するという構想が三島の中で完全に現実性を失ったのである。そもそも、当時の新左翼の「軍事力」は、たかだか、火炎瓶とゲバ棒の直接行動、つまり大衆運動なのだから、三島の願望は無理筋の過大評価であったと思う。だが、「行動」の動機が、そもそも三島の観念世界の中で膨れ上がってきた「妄念」に発しているのだから、客観的妥当性の判断はひとまず措くことにしよう。

さて、『天人五衰』の主人公は安永透、本多は三歳の透に三つの黒子を発見し、ジン・ジャンの生まれ変わりと確信し、養子にして育てる。老境に達した本多は妻と死別し、久松慶子と親しくしている。透はなぜ本多が透を養子にしたのかを知らない。透は純粋で聡明な少年だったが、やがて、邪心を抱き、養父の本多に暴力を振るうのみか、本多家の乗っ取りを画策し、本多を禁治産者に仕立て上げようとする。

見かねた久松慶子は透を呼び出して、本多が追い求めている輪廻転生の因果を伝えるとともに、本多は黒子の印だけを根拠に透を養子にしたが、あなたは真っ赤なニセモノだ、あなたがなれるのはただの陰気な相続人だと透を罵倒する。誇りを傷つけられた透は、松枝清顕が書き残した夢日記を本多に借りて読んだ後、それを焼き捨てた上で自殺を図るが未遂に終わる。生き残った透は、人格が一変し、「廃人」と化す。透はニセモノだから、二十歳を過ぎても死なないのである。

本多は透に事実を告げた慶子と絶交する。輪廻転生の夢の環を切断された本多は、月修寺門跡となっている綾倉聡子を訪ねる。本多は松枝清顕の話をするが、聡子は清顕などという人は知らない、と言い、そもそも本多が描いた輪廻転生の物語がことごとく幻影だったことが示唆される。物語自体がなんの根拠もない一炊の夢、夢を抱き続けた本多の人生も一炊の夢、それが小説の結末の意味だろう。この原稿を編集者に渡して、三島は市ヶ谷の自衛隊に向かった。

敵は、戦後体制の全部

三島由紀夫が最晩年の心事を率直に語っている発言がある。『戦後派作家は語る』での古林尚との対談におけるものだ。

三島　……ぼくは、ただ為すこともなく生きて、そしてトシを取っていくということは、もう苦痛そのもので、体が引き裂かれるように思えるんです。だから、ここらで決意を固めることが、芸術家である生きがいなんだと思うようになったんです。それはいま書いている「豊饒の海」のモティーフでもあるんで、あの作品では絶対的一回的人生というものを、一人一人の主人公はおくっていくんですよね。それが最終的には唯識論哲学の大きな相対主義の中に溶かしこまれてしまって、いずれもニルヴァーナ（涅槃《ねはん》）の中に入るという小説なんです。

こう言いながら、三島は仏教全般の相対主義に違和感を表明し、異端の禅だけに「行動者の理念と結びついている教養がある」とこの対談で語っている。小説の終末は唯識論に委ね、生身の三島は行動へ、ということなのであろうか。また、三島は、楯の会など「徴兵制実施のためのチンドン屋」ではないか、主観はどうあれ、客観的には権力に利用されるだけだという古林の批判に対して、こう応える。

三島　古林さん……いまにわかります、そうではないということが。(……)ぼくはそうやすやすと敵の手には乗りません。敵というのは、政府であり、自民党であり、戦後体制の全部ですよ。社会党も共産党も含まれています。ぼくにとっては(……)まったく同じものです、どちらも偽善の象徴ですから。……いまに見ていてくださ い。ぼくがどういうことをやるか。(大笑)

対談実施日は一九七〇年の十一月十八日、決行の一週間前である。三島は間違いなく、二十五日の行動を念頭に語っている。

また、敵は「戦後体制の全部」という発言にも留意したい。そこには誰が含まれるのだろう。「敵」あるいは「やつら」というのは、まずは、『戦後派作家は語る』での古林尚との対談で「バカが一人とびこんできて、てめえの原稿料をはたいて、おれたちの太鼓をたたいてくれるわい」と思っていると三島が言う保守政治家たちのことであろう。バカとは、ここでは楯の会に私費を投じた三島のことだ。

たしかに、著名な作家である三島の自衛隊体験入隊や楯の会結成や過激な右翼的言説が、見かけ上、自分たちの右派の姿勢と合致するから、大いに助かると保守政治家は考えたに違いない。のみならず、保守メディア関係者や、三島と少なくともうわべは親交のあった親米保守の文化人たちなども含まれているのではないか。また、「戦後体制の全部」というのだから、象徴天皇制下の天皇も入っていなくては論理的におかしい。

もちろん、天皇や天皇制が敵と言っても、それは、戦後の体制を作ったことや、作った人間が敵という意味であって、制度を壊すということではない。三島は、理想の天皇制は「絶対的に復活されなきゃいけないという」「妄念」があると語っている。

三島が語っている戦後天皇制への苛立ちのひとつは、大嘗会と天照大神が直結するという「非個人的性格というものを天皇から失わせた」ということであり、その責は小泉信三にあると言い、「小泉信三はぼくの、つまりインパーソナルな天皇というイメージをめちゃめちゃにしたやつ」と言っている。また「天皇個人に対して反感を持っているんです。ぼくは戦後における天皇人間化という行為を、ぜんぶ否定しているんです」とも言っている。

三島の次の発言にも注目が必要だろう。

古林　〈楯の会〉は陸軍ですか。（笑）

三島　どろ臭い、暗い精神主義——ぼくは、それが好きでしようがない。うんとファナティックな、蒙昧主義的な、そういうものがとても好きなんです。それがぼくの中のディオニソスなんです。ぼくのディオニソスは、神風連《じんぷうれん》につながり、西南の役につながり、萩の乱その他、あのへんの暗い蒙昧ともいうべき破滅衝動につながっているんです。

村松剛は、「昭和三十七年ごろ」、三島が剣道部の試合や練習でかけるかけ声を「あの生臭い声」と言い、「いやだったねえ、あれは」と語ったと記している。当時三島は、汗や泥や血や根性でむんむんするような〈武〉のイメージを嫌い、海軍型の洗練された〈軍〉のイメージを愛していたのだろう。三島は、剣道の剣士の「絶叫」嫌いという資質を、松枝清顕や本多繁邦にも付与している。本多繁邦は三島由紀夫の分身である。村松剛は、

のちの氏（三島）は、かつて我慢できないと言っていたその「生臭さ」を愛し、つ

まり飯沼勲の方向に近づいてゆく。その点は作中の本多も同じであって、本多は飯沼少年のあげる野鳥のような叫びに感動し、感動する自分をいぶかしがるのである。

（村松剛『奔馬』解説、新潮文庫）

三島の「嗜好」の変化は、『英霊の声』を書いたころから徐々に始まったと思われるが、翌年に磯部浅一の手記に接したことが決定的な影響を与えたと考えられる。磯部たちの二・二六事件の「行動」は、陸軍の青年将校のものだった。手記公表の翌年に書かれた『文化防衛論』の「みやび」も、宮廷社会の洗練された文化を想起する「みやび」の通念とはちがって、泥臭い「蒙昧主義的」「破滅衝動」に裏打ちされていたと考えるべきだろう。

三島が呼びかけた先は天皇裕仁だった

一九七〇年十一月二十五日、三島由紀夫は、「楯の会」のメンバーとともに市ヶ谷の自衛隊東部方面総監室に赴いて、総監を拘束し、自衛隊員を中庭に集めさせて、バルコニーからクーデターに蹶起せよという演説を行った。三島たちが撒いた「檄」にはこうある。

沖縄返還とは何か？　本土の防衛責任とは何か？　アメリカは真の日本の自主的軍隊が日本の国土を守ることを喜ばないのは自明である。あと二年の内に自主性を回復せねば、左派のいふ如く、自衛隊は永遠にアメリカの傭兵として終るであらう。（……）われわれは四年待った。最後の一年は熱烈に待った。もう待てぬ。自ら冒瀆する者を待つわけには行かぬ。しかしあと三十分、最後の三十分待とう。共に起って義のために死ぬのだ。

〈自衛隊がアメリカの傭兵になる〉という「檄」の指摘は、今日の視点から見るとまことに正鵠を射ている。自衛隊員に向けたこのときの演説の音声はインターネット上でも聞けるが、演説は稚拙である。当然、自衛隊員は蹶起せず、三島に罵詈を浴びせる。「演説」のことばは、三島が発したことばの中で格別に空疎である。こんな演説で人は鼓舞されない。命を賭けて蹶起はしない。

これほどことばが語りかける相手に当たらないのは、実は眼前にいるのが三島の相手ではないからではあるまいか。蹶起の煽動が成功しなかったから割腹したという、巷間伝えられた筋書きは実は誤りなのではないか。三島たちの言動が呼びかけている先は、自衛隊員でも東部方面総監でもなく、三島が許容し難いと考えた戦後秩序の堕落の総体に責任を負う天皇裕仁であったと私は考えている。

天皇が、どの程度、『英霊の声』などの三島の作品や、晩年の言動に注意を払ってきたかを特定することは難しい。しかし、この「事件」が報道されれば、それが何を意味するかを察知する程度の感度は、歴史的な激動を切り抜けてきた天皇裕仁であれば持ち合わせていたに違いない。磯部浅一は日記に書き残している。

　この時代、この国家において吾人のごとき者のみは、奉勅命令に抗するとも忠道を誤りたるものでないことを確信する。余は、真忠大義大節の士は、奉勅命令に抗すべきであることを断じていう。

自ら「逆賊」と規定して討伐を命じた人間の日記や手記を天皇が読んでいたかどうかは分からない。しかし、その趣旨の根幹は特攻隊員の恨みの声とともに、三島は『英霊の声』の中で語らせている。

　もしすぎし世が架空であり、今の世が現実であるならば、死したる者のため、何ゆえ陛下ただ御一人《ごいちにん》は、辛く苦しき架空を護らせ玉わざりしか。

天皇はこの小説さえ読んでいなかったかもしれない。それでも天皇には、市ヶ谷で三島が起こした出来事の意図を理解するのは、さほど難しいことではなかったはずだ。

三島は天皇に自分たちの「行動」の意図が伝わることを十二分に計算していた。だから三島の目は皇居の天皇のほうを向いていた。三島は天皇を殺しもせず、拘束もせず、皇居に赴きもしなかったが、自衛隊でのこの「行動」を通して、戦後体制の腐朽と、その起源となる敗戦時の天皇の「人間宣言」を責め、天皇のあるべき身の処し方に想到せしめようとした。三島の背後には特攻隊の兵士たちがいた。

さらには、二・二六蹶起への天皇裕仁の対応を詰ることも意図していたに違いない。三島の背後には磯部浅一以下の蹶起将校たちがいた。もちろん、市ヶ谷での「事件」を知っても、そんなことはおくびにも出さないで、平然と〈なかったことにする〉のが、生身の天皇裕仁が天皇裕仁であることの面目にほかならないのではあろうが。

天皇霊を天皇の生身から掠取する

さてそこで、さいごの疑問に結論を出したい。三島は、筒井清忠が認識していたように「国体論の論理」の中での諫死を目指したのか。三島本人が磯田光一に語ったとされるように、本当は、死ぬ前に皇居を占拠して天皇を殺したかったのか。

柴田勝二の指摘がこの二つを適切に媒介するように思われる。柴田は『三島由紀夫 作品に隠された自決への道』で、十一月二十五日が、一九二一年に裕仁が摂政になった日であることに着目する。実質的に「神」となったその日から五十回目の同じ日に、三島が死ぬことによって、自らが天皇裕仁に取って替わって「『天皇霊』の連続性に自身の霊魂を重ねる」ことを目指したのではないかと書いている。『三島由紀夫亡命伝説』で松本健一が、「美しい天皇」像と駆け落ちしたのだというのも、それに通じる視点であろう。

だが、三島には、単なる「駆け落ち」を超えた、単なる「自刃」ではないことを自身にも納得させるだけの抽象的な「神学」が不可欠だったに違いない。それを三島は磯部浅一の手記の解釈に求めたと思われる。三島は、「『道義的革命』の論理」で、磯部が自ら神となることを決意したとき、それまで忌避してきた「自刃」に限りなく接近したのではないかと推測し、次のように書いていた。

天皇と一体化することにより、天皇から齎らされる不死の根拠とは、自刃に他ならないからであり、キリスト教神学の神が単に人間の魂を救済するのとはちがって、現人神は、自刃する魂＝肉体の総体を、その生命自体を救済するであろうからである。

この論理に沿えば、自刃は、自分が神になることであり、従って「天皇霊」の連続性に自分の霊魂を重ねることができる。天皇霊を天皇にではなく、自分に宿すことができる。だから、皇居を占拠して生身の天皇を拘束して殺さなくても、天皇霊を天皇の生身から切り離し、我がものとすることができる。つまり、神学的な根拠をもって天皇霊を横領できる。

役職上、皇室神道に精通している天皇は、三島の自刃が、単なる自刃でも、諫死でもなく、ＧＨＱに「国体」を売って戦後体制の基礎を築いた天皇は、天皇でありながら天皇ではなく、皇室神道における天皇の霊性の源泉は、天皇の肉体にもう宿ることはない、という宣告を三島に突きつけられたことを身に滲みて知ったはずである。

かくて、三島の狙ったことの全体像がほぼ明らかになったように思える。三島としては、皇居占拠はともかく、生身の天皇を殺すということは、どれほど現実の天皇への憎悪や怨嗟が深くても、天皇主義者の域を超えるので憚られる。これでは「順逆不二」ではなく、反逆そのものになってしまう。だから、蹶起は諫死としての自刃と理解されうる行動で収束させるしかない。しかし、意味上はそれ以上のことをやりたい。それは、生身の天皇に手を触れなくても、霊を拉して我がものにすること、生身の天皇に霊を返さず、制度としての大嘗祭《だいじょうさい》などを執り行っても、次の天皇にも天皇霊は降臨しないようにしてしまうことである。これならば天皇主義者の論理の枠の中で行動しながら、単なる諫死という受動性を超えることができる。三島は自刃に臨んで、そう考えたのではないだろうか。

先にも触れたように、この論理展開は、磯部に倣っている。手記によれば磯部は現人神＝天皇頼みをやめ、つまり、天皇依存をやめ、自ら神になることを決意した。獄中の磯部に自刃を敢行する余地はなく、彼は処刑されるしかなかったが、生身の処刑と引き換えに神となり、天皇霊を奪取して蹶起の目的を遂行しようと考えたに違いない。さらに磯部は『獄中手記2』冒頭近くで、自ら神となることを宣言し、その数十行後に次のように書く。

全日本の窮乏国民は一致して特権者を討て倒幕を断行せよ（……）
余は云わん　全日本の窮乏国民は神に祈れ而して自ら神たれ　神となりて天命をうけよ　天命を奉じて暴動と化せ、武器は暴動なり殺人なり放火なり　戦場は金殿玉ロウ（玉楼）の立ちならぶ特権者の住宅地なり　愛国的大日本国民は天命を奉じて道徳的大逆殺を敢行せよ磯部は、国民がみな神となって天命を受け、暴動を起こせと訴える。三島には暴動、世直しの構想はない。だが、天命を我が手に握って、神に値しない天皇の権威の規定力を奪おうという構想は相似形である。

磯部にとってそうであったように、三島にとって天皇崇敬の思想はダブルバインドであった。第一に、国体不可侵、天皇絶対、そのためにこそ生きなければならぬ、という拘束である。第二に、その国体の理想の姿と生身の天皇が甚だしくかけ離れているがゆえに、生身の天皇を否定しきらねばならぬという内的衝動である。このダブルバインドを切り抜けるために搾りぬかれた知恵の帰結が、市ヶ谷の「事件」ということなのであろう。

三島の直観の先駆性

大切なのは、戦後のはじまりにあった、「国体」延命のための天皇の詐術の総体を誰よりも早く直観し、詐術の帰結としての戦後体制二十五年の欺瞞を常に自らの創作モチーフとして引き受け続け、最後にその集大成を自らの死と引き換えに天皇裕仁に突きつけた作家がいたということである。

三島が割腹自殺を遂げたとき、一般自衛隊員と三島のことばの甚だしいディスコミュニケーション、その行動のあまりの仰々しさ、介錯《かいしやく》した刀で切られた生首が床を転がるなどの光景のおぞましさなどから、顰蹙《ひんしゆく》と辟易感が社会を覆った。

リアルタイムで私が何を感じたかを思い起こしてみたい。まずは、理解を絶していたのでことばがなかった。次に、愚行だ、狂気だ、と騒ぎ立てる佐藤栄作首相をはじめとする保守派の政治家たちの、三島と同類と思われないための保身を卑しいと思った。

逆に親交のあった作家や批評家の中には、三島と自分との特別の関係をさも得意げに語る連中がいてうんざりさせられた。旧左翼とその周囲の革新的な人々、つまりは戦後民主主義派の、三島に対する復古主義批判、暴力主義批判も通りいっぺんで底が割れていると思った。

「新左翼の思想的敗北だ」と語った滝田修の発言（『朝日新聞』一九七〇年十一月二十六日付）は、「左」と「右」の内容ぬきの本気度と、人々の耳目を聳《そばだ》たせる力量を比べているだけで下らない、と思った。最も踏み込んだ洞察を試みたのは平岡正明の「反面同志の死」（『一橋大学新聞』一九七一年一月一日号）であろうが、冒頭、平岡は、「書きたくないから書く」と書き出している。その心象がよくわかった。だから、暫くは判断留保のために、なんてことはない、関係ない、あれは三島由紀夫というひとりの人間の観念の自己運動が生んだ突発事態で、さも普遍的な意味があるかのように言うのは間違いだと言い続けた。

三島由紀夫のよい読者ではなかった私は、『仮面の告白』『禁色』『金閣寺』あたりまでの作品にしか関心がなく、『憂国』だの楯の会など六〇年代に入ってからの三島の右翼志向に忌避感があった。エロスを政治と直結させる志向にも強い抵抗感があった。

やがて私は徐々に評価を変えた。契機はいくつかあった。ひとつは、左翼にも革新派にも、戦後の天皇制の本格的な批判的分析も性格規定も極めて乏しいと改めて気づいたことである。そういう視点で三島の作品と言動を再検討すると、立場は正反対だけれども、三島の戦後天皇制批判がとびぬけて鋭利であることに気づかざるをえなかったのである。

もうひとつは、それと深く関連するが、戦後の日本のように、一時は一人当たりのGDPが世界一にもなった先進資本制国家でありながら、なぜ軍事的・政治的にアメリカに隷属し、一九九〇年代以降、政府は「国益」に反してもアメリカに奉仕する姿勢を取り続けているか、と考えざるをえなくなったことである。その歴史的起源を探るうちに、先に引用した、自衛隊はアメリカの傭兵になる、という「檄」の文言に行き当たって、三島の直観の的確さに改めて注目せざるをえなかった。

三島の行動が現在に問いかけるもの

敗戦後二十五年の過程で三島が激しい違和を感じ、批判し、遂に耐え難くなって「事件」の決行に及んだ、異議申し立てのモチーフは、ますます現実的な意味を帯びてきた。天皇制国家日本の文化的・政治的・軍事的対米隷属は深まるばかりだからである。三島死後五十年、この国の対米隷属は病膏肓《やまいこうこう》の域に達している。国粋主義者も親米保守派も革新派も左翼も、ほかの選択肢を持てなくなるところまで追いつめられているのが現状である。

この現状から逆算したとき、三島の敗戦直後からの〈気づき〉は卓越したものだったと改めて感じないではいられない。また、作品を読み直してみると、大なり小なり、この〈気づき〉と創作のモチーフが繋がっており、それと無縁の作品はほとんど存在しないのではないかという仮説を立てることが可能だと考えるようになった。

小説家三島由紀夫の発見者ともいうべき蓮田善明は、敗戦時に、連隊長だった中条豊馬大佐の「敗戦の責任を天皇に帰し、皇軍の前途を誹謗し、日本精神の壊滅を説いた」（小高根二郎、『蓮田善明全集』解説）訓示に激高して射殺し、自裁した。繰り返すが、死の翌年に三島は蓮田の死の経緯を知る。天皇、皇軍、日本精神を冒瀆した者に対してはこれを撃ち、直ちに自裁する、という行動のモデルがこの時から三島には提示されていた。

三島のかかえた困難は、天皇、皇軍、日本精神を冒瀆したのが、崇敬の対象たるべき天皇その人だという発見の中にあった。

三島の行動は、彼の観念の中では理路に従ったものであっただろう。だが、それは現実を規定する力にはなりえなかった。そこから風化の半世紀が始まって、今日に至った。途中で天皇の代替わりがあった。

三島が残した問いは何か、三島が自刃によって決着をつけなければならないと考えた戦後史の欺瞞の起源はどこにあるのか。またそれは作家としての三島のモチーフとどう関連するのであろうか。

第6章　三島由紀夫を遠く離れて

致命的ともいうべき生得的な負荷

ここまでの分析の核心は、十一月二十五日に三島が取った行動は、自刃を一方的忠義としての〈諫死〉に見せながら、実は三島由紀夫の自刃を介して、天皇裕仁から天皇霊を三島が掠取するという、北一輝のいう「順逆不二の門」と、忠義の境界に成立した三島自身の「道義的革命」の神学に裏づけられていたということになろうか。

それは敗戦に際して、天皇がアメリカの指示に従属していった、欺瞞に対する耐え難さとその行く末に対する怒りと憂慮の果ての行動だった、とひとまずいうことができる。だが、これだけでは、最初の章に示した仮説を十分に裏付けることはできない。筆者はそれを感じていたので「ほぼ悉く」と限定をつけたのだった。第1章に私はこう書いた。

〈敗戦後の三島由紀夫の創作のモチーフは、ほぼことごとく理念としての天皇への愛（恋闕）と、生身の天皇裕仁への憎悪に引き裂かれた三島自身の葛藤・軋轢を起源としている。その葛藤を作品創作の内部で解決できなくなった結果が、自衛隊での割腹死である〉

「ほぼことごとく」とは、二・二六事件への対応や敗戦と占領への天皇の背信といった、いわば三島の個人史にとって外的な出来事への三島の心事にすべてを還元できない要因が存在するということである。三島の創作のモチーフの核心に到達するには、もうひとつ、扉を押し開かなければならない。またそれは、何らかの契機で、作品創作の内部にとどまってはいられなくなった、ということでもある。この二つの全体は岡庭昇が「渇仰と表現の永遠の乖離」を生きることと言った（「三島由紀夫」、『人間として』七号、一九七一年九月）境位と対応しているのかもしれない。

三島由紀夫は、歴史的・社会的要因に先立って一身では始末をつけかねる致命的ともいうべき負荷を生得的に抱え込んでいた。その天賦の負荷ともいうべきものと、敗戦による夭折の「恩寵」の喪失とか、アメリカが「国体」の上に立っていながら誰もそのことを語らない戦後政治の欺瞞的構造とか、「超自我」を失った社会の弛緩《しかん》とか、自衛隊のアメリカの傭兵化への危惧とか、三島にとって堪え難いさまざまな外的要因との衝突が、作品のモチーフにもなり、やがては自刃の神学を形成させたとも考えるべきだろう。

生得的契機と歴史的事実の間に成立する〈内〉と〈外〉の間から生まれる葛藤が創作動機でもあり、自刃の衝動の源泉ともなったということである。その葛藤のゆきつくはては絶対的な孤独であった。

第一作と最終作に共通する絶対的孤独

『三島由紀夫伝説』で奥野健男は十六歳の若書きである『花ざかりの森』（一九四一年、雑誌発表）と最後の作の『天人五衰』（一九七〇年）の終景の描写が酷似していることを指摘している。おそらくここに、小説として書かれた絶対的孤独のはじまりと、帰着点がある。『反＝近代文学史』で中条省平は、この「酷似」に注目した。『花ざかりの森』では、

「――どこへ行ってしまいましたやら。あんなものずきなたのしい気分。（……）わたくしのどこかにでも、そんなものがのこっているようにおみえでしょうか。」

そうこたえてほのかに頰笑んでみせるばかりである。しかしその後、なぜか唐突なくらいに庭をごあんないいたしましょう、おみせするようなところもございませんがといざなった。

とあり、そのあとに、「老婦人」と「まろうど」は高台に上る。そして町並みを見わたし、松林、海、海にうかぶ白帆が点描される。そして小説は次のように終わる。

老婦人は毅然としていた。白髪がこころもちたゆとうている。おだやかな銀いろの縁をかがって。じっとだまってたったたまま、……ああ涙ぐんでいるのか。祈っているのか。それすらわからない。……
まろうどはふとふりむいて、風にゆれさわぐ樫の高みが、さあーっと退いてゆく際《きわ》に、眩ゆくのぞかれるまっ白な空をながめた、なぜともしれぬいらだたしい不安に胸がせまって。「死」にとなりあわせのようにまろうどは感じたかもしれない、生《いのち》がきわまって独楽《こま》の澄むような静謐、いわば死に似た静謐ととなりあわせに。……

一方、『天人五衰』では、本多繁邦が月修寺門跡となっている綾倉聡子のもとを訪れ、彼女から松枝清顕という人を知らないと言われる。そのとき本多は、飯沼勲も、ジン・ジャンもいなかったのではないか、すべては一炊の夢であったかという思いに駆られ、衝撃を受ける。その後、終末にむけて作品の記述は次のように展開する。

「折角おいでやしたのやし、南のお庭でも御覧に入れましょう。私がな、御案内するよって」
その案内する門跡の手を、さらに御附弟が引くのである。本多は操られるように立って、二人に従って、暗い書院を過った。

「一面の芝の庭」には「楓を主とした庭木」があり「枝折戸《しおりど》」がある。「庭石」や「花咲いた撫子」や「腰かければ肌を灼きそうな青緑の陶《すえ》の榻《とう》」や「裏山の頂きの青空」が点描される。

これと云って奇巧のない、閑雅な、明るくひらいた御庭である。数珠《じゆず》を繰るような蟬の声がここを領している。

そのほかには何一つ音とてなく、寂寞《じやくまく》を極めている。この庭には何もない。記憶もなければ何もないところへ、自分は来てしまったと本多は思った。

庭は夏の日ざかりの日を浴びてしんとしている。

『花ざかりの森』の庭も、『天人五衰』の庭も、終景はともに、主人公が遭遇した絶対的空虚を示唆している。他者と何事もともにしえないのだから、主人公は絶対的に孤独である。そこには、単に敗戦時の政治的欺瞞という次元を超えた、生誕以来の三島の感じ取っていた空漠感が認められる。

三島由紀夫は、デビュー作の最後に描いたのと同じ極限的な孤独の地平に、自分のドッペルゲンガーであった本多繁邦を立ち合わせた。そして、書き終わった原稿を編集者に渡すと、その足で自衛隊東部方面総監室に向かったのである。

決定的な悲劇から排除されているという悲劇

中条省平は「自己の存在感そのものを稀薄に感じていた」三島由紀夫は「自己を空間的、時間的に確定することになみなみならぬ執着をしめした」という。

思えば、三島由紀夫の文学的風景の底には、つねに決定的な、肝心要のことがらから拒まれているという感覚がわだかまっていた。それを三島由紀夫は「悲劇的」とか「悲劇的なもの」という言葉で呼びならわしていた。

（同前）

この「拒まれている感覚」の起源のひとつが、敗戦という歴史的事件以前の三島の心身及び家族への関係意識であり、もうひとつは、敗戦と敗戦後の天皇が「国体」の緊急避難のために敢えて行った政治的詐術への違和である。

それは、戦前の社会を拘束していた規範による自己統制の契機、つまり先に述べた「超自我」が雲散霧消しても、なお三島の意識に棲み込んだ、この世界との根源的な違和であった。祖母と母のダブルバインドとか、そこへの父の関与とかいった、精神分析をしてみても、作家三島の核心には迫れないと中条は言う。問題はまさしく、「三島が文学を武器にしてどう闘ったかというその様態のほうになる」。

「どこかに決定的な悲劇と真実があり、自分はそれから絶対的に排除されているという事実」こそが、三島がカッコつきで「悲劇的」と「名ざす」ことの意味だと中条は推測する。中条は『仮面の告白』における汚穢屋の青年との遭遇をはじめ、三島の作品の随所に「悲劇的」なるものの主題化の事例を見出しているが、その原型は、十三歳のときの作品「酸模《すかんぽう》――秋彦の幼き思ひ出」にまで遡ると指摘する。

刑務所の近くに住む六歳の少年秋彦は、酸模の花の咲く丘の上で脱走した囚人と出会い、囚人と心を通わせる。囚人は秋彦の勧めを受け入れて獄舎に戻る。次の年、出獄した元囚人は丘の上に来て秋彦たちに会い、酸模の花を渡す。しかし、壁の向こう側にいた男との接触を絶対に忌避したい、子どもの母たちは口々にその花をなんて汚らわしいといって、元囚人のくれた花を捨てさせる。

大人になった秋彦は、再び酸模の丘を訪れ、刑務所を眺める。刑務所の塀の陰にその男の名を刻んだ小さな墓標があった。母たちに元囚人と一切の接触を禁じられたことによって、彼の世界は、秋彦が触れたくても絶対的に不可触なものとなったのである。『岬にての物語』にも似たような場面がある。十一歳の「私」は、房総の海で「名状しがたい悲劇的なもの」を感じさせる二十歳くらいの男女と遭遇し、仲よくなって隠れんぼをする。鬼になってひとりになり、しばらくすると断崖のほうで悲鳴が聞こえる。いくら探しても男女の姿は見つからなかった。「私」は岬での出来事を誰にも話さない。「私」は決して到達できない「名状しがたい悲劇的なもの」としてこの経験をかみしめるのである。『仮面の告白』の主人公の、「私が彼でありたい」という「ひりつくような或る種の欲望」も決して達せられることはない。

「どこかに決定的な悲劇と真実があり、自分はそれから絶対的に排除されている」という三島が生涯抱き続けた〈妄執〉が、三島に『花ざかりの森』と『天人五衰』の、限りなき孤絶とでもいうべき相似のラストシーンを書かせたのだという、中条の解釈には説得力がある。この、決定的に重要な、自分にとって最も肝心な何ごとかには絶対に到達できないという絶望こそ、三島の創作モチーフの核心にほかなるまい。

だが、この悲劇性への〈妄執〉は、それだけでは三島の自刃の意味の理解を直接促すものではない。この感覚は、どのようにして、三島に文学の外への衝動をも促すものへと変容していったのだろうか。

外とつながる「同苦」の発見

中条省平は、三島が「不確かな自己を完全に破砕する絶対的〈外〉の訪れを熱望」していたのだと言うのだが、訪れるのは「凶変」でも「奇跡」でも、どちらでもよかった。三島にとっての日常は、そのいずれでもない堪え難い宙づりであった。それは、たとえば、『仮面の告白』の主人公にやってくる、敗戦による限りなく凡庸な時間の持続、『金閣寺』の主人公が、究竟頂で金閣とともに焼死する計画を断念した後に強いられる牢獄での時間である。日常には、自己を破砕する絶対的〈外〉は訪れない。

三島は、絶対的〈外〉に遭遇する通路を探った。鍵は肉体だった。『仮面の告白』はもとより『金閣寺』の主人公の肉体も、個に属していた。凶変であれ奇跡であれ、絶対的な悲劇と真実と一体化するためには、「内界と外界が吹き抜けになる」肉体が必要なのだった。三島はそれを予感して、凶変あるいは奇跡につながるために肉体の訓練を始めた。だが肉体が絶対的〈外〉に通じるには、三島の肉体を〈外〉の世界に駆り立てる認識あるいは幻想が必要だ。

集団の言葉は終局的に肉体的表現にその帰結を見出す。それは密室の孤独から、遠い別の密室の孤独への、秘められた伝播のための言葉ではなかった。集団こそは、言葉という媒体を終局的に拒否するところの、いうにいわれぬ「同苦」の概念にちがいなかった。

なぜなら「同苦」こそ、言語表現の最後の敵である筈だからである。

（『太陽と鉄』）

「同苦」の意味を通俗化すれば、北島三郎の歌った歌謡曲「兄弟仁義」ではないが、「俺の目を見ろ何にも云うな、男同士の胸の内」という関係性が、二人一対ではなくて集団全体に成り立つということだろうか。論理というにはあまりに奇矯である。だが、『太陽と鉄』に結実したこの認識が、三島の背中を押した。三島はここで〈化けた〉のである。

三島は「一著作家」でありながら、「一著作家」の発する言葉の世界を捨ててでも「戦士共同体」に一体化したいと願ったのであろう。そして「武士の生活」を夢見るのである。三島は、十一月二十五日の「行動」に、絶対的連帯を約束する「同苦」の集団性としての肉体による絶対的〈外〉との遭遇という一回的な「奇跡」を思い描いた。おそらくそれは三島にとって「並びない壮麗な夕焼け」（『金閣寺』）の光景でもあったのに違いない。

夕焼けは、絶対的〈外〉との遭遇の奇跡に不可欠の舞台装置であった。あるいは奇跡そのもののイメージであった。『海と夕焼』にも『金閣寺』にも『暁の寺』にも、夕焼けが「奇跡」として描かれているのは決して偶然ではない。

森田必勝に介錯された瞬間は「奇跡」だったはずであり、三島の脳裏にも「太陽は赫奕として昇った」に違いない。しかし、その特権的瞬間それ自体は作品としては結実しない。「一著作家」としての三島の作品群、つまり悲劇に遭遇できなかった悲劇の作家の作品群は、数多く後世に残った。それは、三島が「自己の存在感そのものを稀薄に感じて」、その空漠感にのたうちまわるほど呻吟することによって生み出された。「自刃した三島」に相応しい作品は、『憂国』『英霊の声』『暁の寺』を数えるのみである。これらはむしろ例外なのだ。

そして、最後の作の最後のシーンで、本多繁邦老人は打ち捨てられたように、完璧な極限的孤独の中に立ち尽くしている。それが『岬にての物語』や『花ざかりの森』にはじまり、『仮面の告白』で本格化した、悲劇に遭遇できない、日常に堪える三島の作品世界の帰着点だったのである。

場違いな連想だが、私の胸中では、作家三島の姿に、チェーホフの『六号病棟』の主人公が重なる。チェーホフは世上言われていたようなリアリズムの先駆とか、革命の予見者とかではないと私は考えている。中村雄二郎のチェーホフ論が指摘したように、チェーホフの戯曲には不条理演劇の先駆という一面がある。小説もモチーフは相似形である。作家の胸中には底なしの孤独、中条が三島について述べたような「肝心要のことから拒まれている」哀しみがあった。それはサミュエル・ベケットの晩年にも似ている。『六号病棟』の「彼」はチェーホフその人ではないか。

どうやら、何かかくべつ大事なことが話したいらしい。けれどもどうせ聞いてはくれない、わかってはくれないと思うらしく、もどかしげに頭を振りたてながらまた歩き始めるのだ。だがやがて、話したいという欲求があらゆる思惑を乗り越えて、堰を切ったように熱烈にしゃべり始める。……彼が話すときには、誰でも、この男の中に狂人と正常な人間とが同居していることに気づくだろう。

（松下裕訳、岩波文庫）

ただ、「彼」にも作者のチェーホフにも、「正気」と「狂気」の境界の先に作品の創作はあっても「行動」はなかった。三島には、書くことだけでなくそれを捨てた〈先〉があった。

「話す」に、「創作する」と「行動する」を代入すれば、まさしくそれは三島由紀夫の姿にほかならない。三島は、世上に言う「正常」と「異常」の境界に立って、書き、かつ行動した。『天人五衰』の終景から立ち上ってくる孤絶感は、最晩年のベケットの地平にも比べられる。そこには『酸模《すかんぽう》――秋彦の幼き思ひ出』『岬にての物語』『花ざかりの森』など、敗戦体験のはるか以前の若書きへの回帰が見られる。

つまり、最後の作品の行き着いた場所は、三島にとって生得的な、大切なものからの宿命的な隔離の感覚が促す極限的な孤絶の地平であった。それは奥野健男や中条省平の指摘の通りである。その後に来るものは、ベケットの作品が、限りなく言葉少なになって消滅へと向かったような、作品の死、作家の死、作家であった人間の静謐でゆるやかな死であろう。

だが、それにとどまっていられないものを、三島の〈身体〉は敗戦体験によって刻み込まれていたのである。三島の敗戦体験の核心には、恋闕の対象である天皇の取り返しようのない絶対的な裏切りの像が、消しがたく姿を刻印されていた。このことに対する「果たし得ていない約束」を果たさなければ死ねない、という思いから沸き上がった「行動」への渇望を抑えることができなかったに違いないのだ。

さきに見た通り、三島は『太陽と鉄』に、「集団こそは、言葉という媒体を終局的に拒否するところの、いうにいわれぬ『同苦』の概念」と書いている。ことばを超えるものとしての集団性への固執が、三島をして「言語表現の最後の敵」としての「行動」に向かわせたのだ。それゆえ、三島は『天人五衰』の原稿を、編集者に手渡したのち、市ヶ谷に向かったのである。この順序には意味があった。

「大衆天皇制」と「週刊誌天皇制」

三島の「蹶起」のメッセージは、天皇裕仁に届いたのだろうか。先にも触れたように、天皇は、その意味を察知したに違いない。だが、沈黙をもって応えるのが、アメリカが用意した象徴天皇の座にある者の「職務」あるいは「立場」というものだったろう。だから、一切、反応するということはなかった。〈あったこと〉は〈なかったこと〉にされたのである。

もちろん、人々の側に、無視することを許さない機運が醸成されていれば、天皇もまた完全な沈黙で応えることは難しかっただろう。しかし、三島が「檄」で訴えたような、日本の主権や文化の危機、自衛隊のアメリカの傭兵化などという主題に、敏感に反応するような大衆の意識状況は存在しなかった。天皇は衛生無害に見え、また、日本がアメリカに取って食われるという危機意識のリアリティは薄かった。なぜ三島が「あんなこと」をやってのけたのか、三島の激しい拘りは、同時代の大多数にとって理解を絶するものだった。残念ながら、私も例外ではない。

一九五二年にアメリカの「占領」が終わり、占領軍は駐留軍と名を変え、「本土」の基地は徐々に縮小されてゆき、占領の傷は不可視化されていった。「本土」でもアメリカの軍事基地には、米軍への激しい反発は渦巻いていたが、それは、全体から見れば数少ない例外であり、日常的に占領軍が、住民に危害を与え、それに対する恐怖や怒りが燃え上がっていたのは沖縄だけだった。

天皇も、講和条約の時期を最後に、国政に関与する権能を持たないという憲法の規定にあからさまに抵触する言動を控えて後景に退き、目立たないように心掛けるようになった。入れ替わって皇太子（現天皇）が前面に押し出され、婚約・結婚が国民的関心事にされていった。愛される皇族のイメージを定着させるうえで、テレビや週刊誌の果たした役割は大きい。国民は、天皇・皇族の情報を、アイドルを追いかけるような視線で見つめるようになった。

社会学者の松下圭一がその動向を分析した「大衆天皇制論」（『中央公論』一九五九年四月号）が話題を呼んだ。苦々しく思った三島由紀夫は『文化防衛論』で、そうした風潮を「週刊誌天皇制」と呼んで批判したが、趨勢を押しとどめることはできなかった。アメリカが計画し、天皇と戦後日本の政権が同調して作り出した象徴天皇像がここに定着したのである。

核武装、そして極東裁判の戦争観への反発

もっとも、戦後日本の保守勢力の下心は、当初からアメリカの占領政策のヴィジョンとはかけ離れたところにあった。保守合同で結成された自由民主党は、結党時から憲法改正を党是に掲げ、改憲草案には天皇の元首化と九条廃止を謳っていた。

一九五七年に首相の座に就いた岸信介は、アメリカからの自立のための核武装を構想した。もちろん、明言すればアメリカの逆鱗《げきりん》に触れるから、まずは原子力発電技術の導入を推進して、それを将来、核兵器に転用しようと考えた。岸と共謀関係にあったのは中曽根康弘、正力松太郎らである。二〇一八年八月十七日の朝日新聞朝刊の報道によると、この構想は佐藤内閣にも引き継がれ、六〇年代後半、核武装計画が検討されていたことが明らかにされている。

また、「独立」直後から政権と与党による極東裁判の戦争観への反発も激しく、靖国神社を国家の宗教施設にしたいという願望が強まった。六〇年代中頃から何度も国会に上程されたいわゆる「靖国神社国家護持法案」である。この法案は、おそらくアメリカの意向

への忖度から断念され、七〇年代の中頃に廃案となった。

以上から、戦後の保守派のアメリカからの自立志向の柱は、ひとつは核武装、もうひとつは極東軍事裁判の歴史認識を否定して、戦死者たちを「英霊」として靖国神社に祀る行為を国家が公的に執り行いたい、ということだったことがわかる。アメリカから自立した軍事大国への願望は、七〇年代前半までは、一応「願望」としては存在していたことが確認できる。

こういう内容の「自立」を三島が望んだのかどうか、『文化防衛論』の論旨からすると行き違っているようにも感じられる。三島が望んだのは、天皇の再神格化であり、それによってはじめて可能になると三島が考える日本文化に固有の「みやび」の復権であるから、それが核兵器の保持や靖国の国家護持法制定と結びつくかどうかは、別の次元のことである。しかし、三島は自衛隊がアメリカの傭兵になることを憂慮していたのだから、良かれ悪しかれ、日本の「国軍」が核武装してアメリカから自立することは、傭兵化に抗する手段という意味で、三島の立場と重なり合う側面を持っていることは否定できない。

アメリカによって葬られた田中角栄

もっとも、日本政府は、一九七二年の沖縄返還に際して、極東の平和と安全を維持するための米軍の軍事行動を定めた安保条約第六条のいわゆる「極東条項」の削除をアメリカに求めている。これがいわば直接軍事同盟の関係のあり方をめぐる最後の抵抗である。

理由は、米軍が必ずしも日本と直接かかわりのない「極東」に軍事行動を展開することで、日本が軍事紛争に巻き込まれるのではないか、という危惧に基づくものだった。与党の一部からもこの危惧が表明されていたという。だがアメリカは、極東条項を削除するなら米軍は撤退も辞さない、と日本政府を恫喝した。

これを最後に、軍事に関してアメリカの逆鱗に触れるテーマが日米間で論議されることはなくなった。靖国国家護持法案が廃案になるのはその二年程後だが、このあたりで日本政府と与党の軍事的「自立」の願望はほぼ断念されたと見るべきだろう。

だが、「沖縄返還」の年、田中角栄内閣が誕生する。田中は、アメリカの意向を事前に確認することなく、中国政府と国交回復交渉を開始した。極東条項削除の打診が軍事同盟の内部での自立要求であったとすれば、日中国交回復は、一方的な対米隷属を脱却する文字通りの自主外交の実行であった。国交回復は実現し、日米軍事同盟の相対化に寄与した。田中角栄は金権政治家として悪名高かったが、アメリカに隷属しない、国民国家の行政府の長としての矜持を失わなかった点で稀有の首相ではあった。

アメリカは、許諾なしに中国と国交を回復したことへの報復として田中角栄の失脚に加担した。具体的には日本の司法が管轄する「ロッキード裁判」で、検察が日本には法的根拠も慣行もない司法取引でロサンゼルス連邦地裁が得たロッキード社副社長コーチャンの証言を証拠に採用する道を開いたのである。検察はこれを決定的な証拠として有罪を主張し、裁判所は有罪判決を下した。田中は首相の座を追われた。控訴審もこれを支持した。

アメリカの作った戦後天皇制国家の首相は、アメリカの逆鱗に触れたため、アメリカによって葬られたのである。

アメリカ統治の欺瞞としての天皇制

次に、三島の「蹶起」の意図が、日本人大衆に届いたのかどうかを考えたい。

先に触れたように、一九六〇年代から七〇年代、日本人は、天皇を権威としては実感していなかった。アメリカの支配も実感されていなかった。大澤真幸の『戦後の思想空間』における戦前の時代区分——明治＝「天皇の国民」、大正＝「天皇なき国民」、戦前戦中の昭和＝「国民の天皇」——を戦後にあてはめれば、史上二度目の「天皇なき国民」の時代に当たる。それはまた、白井聡の『国体論』の提示したモデルで言えば、「アメリカなき日本」の時代でもあった。

ちなみに「アメリカの日本」は五〇年代まで、「アメリカなき日本」の後に来た、政府と国民が「日本のアメリカ」という不可能な願望に取りつかれるのは、バブル経済崩壊以後に当たる。

六〇〜七〇年代は、政治的関係は先述のようなアメリカの支配が続いている状況にもかかわらず、大多数の日本人は、アメリカの圧力を感知せず、日本はおおむね自立しているという幻想に浸っていた。それは「高度成長の時代」および「安定成長の時代」に対応する。当時私は戦後天皇制を、「天皇制の最高形態」と命名し、次のように述べた。

戦後天皇制は「象徴天皇制」を「条文」化する過程において、史上最高度の発展段階にある天皇制として自己を開示する端緒を開いたのである。……天皇制の最高形態とは、決して天皇親政を必要条件とするものではない。……天皇制はたしかに政治的な制度であると同時に、精神的な権威の機軸を持続的に保証するところの内面化された「制度」でもあるが、だからといって、つねに価値の中枢たる天皇が末端にまで顕在化された意識として喚起されていることをもって高度であるといいうるものではない。むしろ、このすぐれて人工的な出自を持つ制度が、あたかも自然であるかのごとく、どれほど内面化されているか、このすぐれて非身体的な作為の所産が、どれほどあたかも有機的身体の如くに機能しうるかが問題であろう。

（「天皇制の最高形態とは何か」初出『情況』一九七三年十一〜十二月合併号）

つまるところ、戦後天皇制は、その内部に囲い込まれた「国民」に自覚されることなく、しかし安定的な統治の装置としての機能を揺るぎなく果たしていたのである。三島の問いかけに敏感に反応する集合的な感度は存在しえなかった。三島の自刃による問いかけはやり過ごされたのである。

同じ文章で私は、「戦後民主主義の無意識の領域は、客観的にはまさに、戦後的な天皇制として機能している」とも書いている。三島由紀夫が、戦後の天皇制は、装いは天皇制だがその名に値しないと考えたのと対照的に、私は戦後の民主主義がその名に値せず、実は天皇制そのものだと批判している。方向は正反対だが、どちらも、敗戦が生み出したアメリカの占領政策による統治形態の欺瞞を衝こうとした点では共通している。

天皇制へのアジアからの眼差し

私は当時、この無意識の天皇制が、戦後天皇制国家の共同性の外部の視線からどう見えるかが重要だと考えた。外部の視線とは、「大東亜共栄圏」に組み入れられた国々のアジア人および在日のアジア人（おもに韓国・朝鮮人、台湾を含む中国人）の視線である。さらに今、日本国家の戦争と統治によって死に至らしめられた死者の眼差しを付け加えるべきだと思う。それは、戦後の日本が過去に封じ込めようとした時間的他者である。

歴代の日本政府は「本土」の視野から、四月二十八日の「独立」の日を「主権回復」と名付け祝ってきた。同じその日を沖縄人の多くは「屈辱の日」と呼ぶ。復帰運動を続けてきた沖縄の人々にとっては、日本国の主権から沖縄が切り離され、アメリカの軍事占領下に置かれ続けることになった日であるからだ。「主権回復」か「屈辱」か、〈内〉に自足した眼差しと〈外〉からの眼差しとでは、「独立」を見る目もこれほど違うのである。〈外〉からの不信と怒りは、アメリカにだけ向くのではない。沖縄の「屈辱」をアメリカの意向に沿って容認した日本政府にも、それを暗黙に認めてきた「本土」人にも向けられる。だから、一九七二年の「復帰」以後には、沖縄から「本土」に向けられる視線は更に厳しくなった。「復帰」が平和をもたらさず、占領下と変わらない米軍の基地被害と、「本土」の資本の席捲を意味したからである。

〈外〉としての沖縄からみれば、戦後の「象徴天皇制国家」は沖縄の「敵」だった。一九七五年に沖縄を訪れた皇太子明仁が、ひめゆりの塔に参拝した際、皇太子に火炎瓶を投げた青年がいた。皇太子の沖縄来訪に対しては、「寄せ場」の労働運動家であった船本洲治が焼身自殺して抗議の意思を表明してもいる。「寄せ場」とは最底辺の労働力市場である。

つまり、「本土」の中の、統合困難な〈外部〉である。皇太子は「国民統合」の至難を悟ったに違いない。皇太子時代、天皇時代を通じて合計十一回にわたる彼の沖縄訪問は、火炎瓶や焼身自殺が投げかけた怒りと問いへの「平和天皇」としての応答の形なのであろうと推察できる。

敗戦後の日本と日本人への、更に強い怒りはさらなる〈外〉から訪れた。一九七〇年七月七日、盧溝橋事件にちなんだ新左翼の集会で、華僑青年闘争委員会（華青闘）は、日本人左翼に対する告発を行った。彼らの指弾の趣旨は、戦後の日本人は植民地支配と侵略戦争の〈犯罪〉に無自覚だ。その無意識は革命家も一般人と変わらない。だから、日本人は革命家もまた侵略者だというものだった。華青闘の告発は、集会の場にいた新左翼諸勢力の多くに衝撃を与えた。

六〇年代から日本の経済力は「復興」の域を超えて力を増し、七〇年代には、アジア諸地域に商品の集中豪雨的輸出が行われ、資本の進出も進み、現地工場では、低賃金、賃金不払い、劣悪な労働環境、不当解雇などを争点とする労働争議が次々に起きた。それらの地域の多くは、旧大東亜共栄圏と重なり合っていたから、〈外〉から見ると、「大日本帝国」が持続している、と見えたのである。田中首相がアジアを歴訪した際には、バンコク、ジャカルタなどで激しい反日運動が起きた。

左翼からの問いと三島由紀夫

日本の左翼の中で、戦前と戦後の日本国家の侵略の連続性という事態に最も真摯に向き合おうとしたのが東アジア反日武装戦線だった。一九七四年、この「戦線」の一グループは、お召列車が荒川鉄橋をわたる瞬間をとらえて、天皇にテロを加えようと試みた。世に言う「虹作戦」である。

「虹作戦」は未遂に終わり、その爆薬は三菱重工爆破に使われた。一般人に多くの被害者を出したこの「作戦」は、単に未熟というのでは済まされず、左翼勢力から人心が一挙に離れてゆく重要な原因のひとつとなった。ただ、彼らの認識が、一見衛生無害の民主主義国家に生まれ変わったと戦後の国民の大多数が信じ込んでいるこの国が、その自明性の〈外〉からはどう見えるのかを告知したことは否定できない。

彼らもまた、敗戦処理のトリックが生み出した欺瞞を標的として、「敵」であった戦勝国アメリカに延命させてもらった「天皇制国家」の歴史と現在を否認しようとした。この点は正反対の政治的立場にあった三島由紀夫と通じている。東アジア反日武装戦線は、敗戦処理のトリックが生んだ天皇制国家の欺瞞と、欺瞞の上に築かれた繁栄を撃とうとした。

両者が決定的に異なるのは、三島由紀夫が、理想の天皇制が実は「終わっている」ことを撃とうとしたのに対して、東アジア反日武装戦線は、許容し難い天皇制が持続していることを糺そうとしたという点である。
三島は、新左翼に向けて華青闘の告発が行われた同じ日の日付に、こう書いている。

私はこれからの日本に大して希望をつなぐことができない。このまま行ったら「日本」はなくなってしまうのではないかという感を日ましに深くする。日本はなくなって、その代わりに、無機的な、からっぽな、ニュートラルな、中間色の、富裕な、抜け目がない、或る経済的大国が極東の一角に残るのであろう。それでもいいと思っている人たちと、私は口をきく気にもなれなくなっているのである。

（「果たし得ていない約束」）

三島は「それでもいいと思っている人たち」が作り上げた「口をきく気にもなれな」い「富裕な、抜け目がない、或る経済的大国」に「自刃」をもって問いかけ、東アジア反日武装戦線は天皇と三菱重工にテロをしかけた。無理にこじつけなくても、両者の意図に欺瞞への怒りという重なり合いがあることは一目瞭然ではないか。
しかし、三島由紀夫の「蹶起」からほどなく、マスコミは極力この「事件」に触れるのを避け、世上ではほとんど議論されなくなった。できれば〈あったこと〉を〈なかったこと〉にしたいという〈強大な意思〉がそこには働いていた。他方、「反日」のグループの刑事裁判では、「虹作戦」は訴因から除外された。検察と司法の意思で〈あったこと〉が〈なかったこと〉にされたのである。〈あったこと〉とは、天皇の神聖性への留保の余地のない侵犯行為を日本人自身が企てたという事実である。〈なかったこと〉にした、とは、そういう日本人は日本国家には存在してはならないから、裁判から見えなくするということである。

明治時代、天皇の統治の根拠を思想的にうち固めるために作り上げた憲法学者穂積八束の「国体観」の最大の特色は、国体は単なる統治形態ではなく、日本人の自然であって、存否や是非を問う範疇に属さないという点にある。それに異を唱える日本人は存在しないというのが前提であった。

これに対して「天皇制」という概念は、「国体」を自然ではなくて作為的に作った制度としてとらえ、批判や変革の対象にするための概念である。戦前の思想警察の立場からすると「天皇制」という概念は、国体変革を目指す勢力の用語であって、ことば自体が〈あってはならないもの〉であった。戦後日本の〈強大な意思〉には、この禁忌がしのび込んでいる。だから、三島事件も、「反日」の「虹作戦」も、ともに〈なかったこと〉にしようとしている態度において酷似している。

しかし、戦前の警察権力は、その反面、大逆事件をフレームアップし、〈なかったこと〉を〈あったこと〉にした。そうすることによって、日本人の中に存在した国体を変革するかもしれぬ人間を消し去ろうとした。これと正反対に、戦後日本の国家意思は、見て見ぬふりをすることで、観念としての天皇の座、つまり幻想の共同性の安定を確保することに力を注いだ。禁忌は戦後国家のほうが徹底しているとも言える。

桐山襲の小説『パルチザン伝説』は、天皇に対するテロに生涯を捧げる父子を主人公にした作品である。当然のことながら、作者は「虹作戦」に強い刺激を受けてこの小説を書いた。そこには〈あったこと〉は〈あったこと〉だというメッセージが強く息づいている。〈あったこと〉とは天皇と天皇制国家の悪と、それに対する天皇制の内部に身を置かざるを得ない日本人の「身を挺した」異議申し立てである。

右翼が出版社を脅迫し、出版社が萎縮したために、短くない期間、この作品は日の目を見られぬ状態に置かれた。私見を挟むと、この小説にみなぎる強烈なロマンティシズムの〈匂い〉を私は好きになれない。しかし、書けば必ず来るに決まっている脅迫を承知で書いた作者の勇気には敬意を惜しむべきではないと思う。それは、三島の「蹶起」が「愚行」であるとしても、それに敬意を惜しむべきでないのと同じである。

重要なのは、右か左か、ではない。ここでは私は、「右」とは、正義を自己の民族的特殊性に見出す思想、「左」とは、正義を普遍的世界性に求めようとする思想のことだと定義したい。右であれ左であれ、重要なのは、歴史上に存在した不正義、欺瞞、隠蔽などの諸悪をなした者に対して、身を挺して闘いを挑む行為がそこに存在した、ということである。

三島の支持者は「反日」と一緒にされれば汚らわしいと言うだろう。「反日」の支持者は三島ごときと一緒にするなと拒否するだろう。だが、彼らがともに身を挺して権力の犯罪を白日の下に晒そうとしたそのことこそが、後世に残すべき共通の歴史的価値なのである。

アメリカ支配と国粋主義の融合

しかし、こういう〈剣呑《けんのん》な〉問題を不問に付する流儀は徐々に定着していく。そして、アメリカの占領政策の枠組みを壊さない範囲で、親米でありながら国粋主義気分を満足させたり、国粋主義者の票田に媚びを売ったりすることが可能な言動の空間が保守勢力によって作り出される。

象徴的なのは、一九七八年、靖国神社の松平宮司が、東条英機らの極東軍事裁判で処刑された人物を靖国神社に合祀したことだろう。天皇裕仁は、それ以後、靖国神社に参拝しなくなった。主な理由はアメリカの占領政策の基本認識との整合性に配慮したためと推測される。しかし、重要なのは、こうして、極東軍事裁判の論理の否定と親米保守の国粋主義的風潮との共存が図られるようになったことである。

日米安保条約の自動延長を踏まえて、一九七八年には日米防衛協力のための指針（ガイドライン）が策定され、アメリカの「傭兵」化は実体化への一歩を踏み出す。九九年の新ガイドライン関連国内法の制定以降は一瀉千里であった。単に自衛隊が傭兵化するのではなく、日本国家の「国益」が米軍の利益に隷属していくのである。

一九七九年には元号法が制定され、天皇の時間が日本社会の公認の時間として認定される。そこだけに着目すれば、文化としての天皇制の回復である。だがそれはアメリカによる天皇制支配の下でのことである。三島が切望した「文化天皇制」がアメリカの膝下で存立を許されるという魔訶不思議な事態が現出するのだ。

田中角栄は、首相の座を追われ、表の顔になることが不可能になったのちもキングメーカーとして隠然たる勢力を保持した。田中が最後に「作った」首相が、中曽根康弘だった。中曽根は、さきに触れたように、岸信介や正力松太郎とともに、将来の核武装によるアメリカからの自立をめざした政治家である。彼は強面の国粋主義者という一面を持っていた。

首相就任早々「戦後政治の総決算」というスローガンを掲げた。その意味するところは、占領政策によってつくられた戦後日本を清算する、というところにあった。

ことばの上では九条改憲とともに天皇元首化などという空気もちらつかせた。田中は――政治資金のやり取り、というようなブラックな側面もあったかもしれないが――中曽根に国民国家日本の自立への模索を託したのではなかっただろうか。

だが、中曽根は掌を返す。レーガン大統領との親密な関係を「ロン・ヤス」というイメージでマスコミに売り出し、米日一体化を誇示したのである。政府による反米の要素はひとかけらもなくなった。光州蜂起を圧殺した反共・親米の独裁者全斗煥が来日して天皇とも中曽根とも会談した。中曽根は東条たちが合祀された後の靖国に公式参拝を行ったが、アメリカはそれを一切妨害しなかった。また天皇裕仁の在位六十周年記念式典を大々的に挙行し、戦前・戦後の切断よりも昭和の連続を強く印象づけた。こうしたことがアメリカに許容されたのは、それらもまたアメリカの掌の内、と認識されたからに他ならない。

アメリカの占領政策によって規定された戦後国家の規範をうち固めながら、その隙間に、アメリカの逆鱗に触れない範囲で、戦後日本と明治や戦前の日本の連続を肯定する歴史観やそれを前提とした催事や言動がちりばめられていった。

こうして日本の「国粋主義」は、アメリカの支配が生みだした戦後処理の矛盾に一切言及しないものになり替わった。天皇は「人」となって特攻隊を裏切ったけれども、特攻隊で出陣した隊員は「英霊」として靖国に祀られている。神道指令で国家神道は廃絶されたはずなのに、戦前と同じ皇室神道による祭祀が宮中では私事として執り行われ、私事であるかぎりは、天皇が、神道最高位の斎主として宮中の大祭を執り行っている。天皇が最高位の権威なのは、天照《あまてらす》の末裔の現人神《あらひとがみ》であるからだ。それを誰も、辻褄が合わないと感じないし、辻褄の合わなさを感じた人も何も言わない。対米隷属と国粋主義や国家神道延命の矛盾を一切不問にする無思想時代が到来した。

天皇が「人」となったことに拘った三島の〈立つ瀬〉はどこにもなくなった。こういう国のかたちに対して、「それでもいいと思っている人たちと、私は口をきく気にもなれなくなっている」と三島は言ったが、政治を動かす勢力の大勢は三島が口をききたくない人に占められるようになったのである。しかも、驚くべきことに、この融通無碍《ゆうずうむげ》なアメリカの支配と国粋主義の融合を、かつては対米自立を夢見た中曽根康弘が推し進めたのだった。

〈護憲の天皇〉の闘い

天皇が代替わりして、さらに位相が転換した。国体延命の緊急避難のために、心ならずも象徴天皇制を受容し、内心は神権天皇であり続けようとした父と違って、明仁天皇は、憲法に謳われた理念に基づいて、自身の天皇としての役割を果たそうとしてきた。理念は憲法の前文の内容に記されている、平和主義・基本的人権・主権在民である。それは近代政治の普遍的価値を謳ったものと言える。明仁天皇はそれを実現するために憲法九九条に記された公務員の憲法遵守義務に誰よりも忠実な象徴職の公務員たらんとしたのである。こうして〈護憲の天皇〉が誕生した。

事態は錯綜している。一方で、文字通りの「人間天皇」になったのだから、草葉の陰で三島由紀夫はさらに絶望を深めたに違いない。しかし、他方で、国益を擲《なげう》ってまでアメリカに奉仕するために、憲法を変えようとする政府と親米保守勢力に対して、〈護憲の天皇〉は闘いを開始する。その点では、明仁天皇と三島由紀夫の志は、売国・買弁の親米保守勢力に対する批判の姿勢を共有することになるのである。

権力を掌握している親米保守勢力は、「昭和」から「平成」へ天皇が代替わりした二十世紀末以降も、一貫して、対米隷属に活路があるかのように振る舞ってきた。一九八九年の日米構造協議の開始以降、今日に至るまで、日米の経済関係はアメリカの国益に日本が隷属する度合いを深め続けてきた。その過程で、バブル崩壊があり、アジア経済危機があり、金融ビッグバンがあった。

「空白の十年」と言われた経済の停滞は、遂に「空白の二十年」と名づけ直されるまでに継続した。さらにその後も、目先の数値の操作で、安倍政権の下で景気が回復し、雇用が改善したかのように政府は装っているが、大半の国民の生活実感とは甚だしく乖離している。

軍事的にも、湾岸戦争では、カネを拠出するだけで自衛隊の出動は求められなかったが、一九九九年の日米新ガイドライン策定と関連国内法の整備が行われた後には、様相が変わった。アメリカの軍事行動への日本の施設や国民の動員に法的根拠が与えられたのである。イラク戦争においては、アメリカの大統領に「旗を見せろ」と恫喝され、核兵器も大量破壊兵器も所持していなかったイラクへの軍事行動に日本は積極的に関与する道を選んだ。今日に至るまで軍事予算は膨張の一途をたどっている。政府が購入する武器は、アメリカの軍需産業を潤しつづけてきた。そして、日本の自衛隊は米軍と共同でなければ軍事行動を起こせない軍隊となった。

安倍政権にとっては、内閣支持勢力の中心を形成する層の国内外の権益の保全だけが問題で、国益も国民の利益もほとんど眼中にないように見受けられる。この権益の保全のために、政府はアメリカの政権の意向に寄り添う。トランプが大統領の座にある限りはトランプとその支持基盤の意向に同調するのである。

天皇と首相の間の激しい対立

豊下楢彦は、敗戦から「独立」に至る過程での、天皇裕仁の政治的な「暗躍」を史料に即して強く批判する著作『昭和天皇の戦後日本』の中で、明仁天皇の平和主義を支持する立場から、次のように安倍政権と政権を支える日本会議系勢力を批判している。

……安倍政権を支える「日本会議」や自民党にあっては、天皇を敬慕し尊重することが、国家のあり方の大前提に据えられているのである。ところが、こうした立場を踏まえるとき、実に奇妙なことではあるが、安倍首相も自民党も「日本会議」も、重要な問題で、ことごとく「御意」に反する方針を掲げて行動しているのである。歴史認識問題しかり、靖国問題しかり、国旗・国歌問題しかりである。さらに言えば、自民党の憲法改正草案では、第三条において「国旗は日章旗とし、国歌は君が代とする。日本国民は、国旗及び国家を尊重しなければならない」との「義務規定」さえ記されている。まさに、明仁天皇が批判した米長邦雄の立ち位置に他ならない。（中略）

それでは、「皇室の敬慕」とか「天皇の元首化」など、天皇を尊重するような立場を表明しながら、何故かくも公然と「御意」に反する方向がめざされ行動が繰り返されるのであろうか。それは結局のところ、天皇の「政治利用」という立場に立っているからである。

さらに豊下は、安倍と日本会議による天皇の「政治利用」の願望の根底には「一九三〇年代から終戦までの間」の国家体制への郷愁がある、と指摘する。だから、明仁天皇の現行憲法遵守、「多様性尊重」の立場と正面から対立するのだと言うのである。たしかに天皇と首相の間には、激しい対立がある。そして、この対立関係はよじれている。「日本会議」的改憲派の急先鋒である八木秀次は、『正論』二〇一四年五月号で、度重なる明仁天皇の護憲・平和の意思の表明を、安倍政権の改憲の政策と対立する政治的なものだとして、天皇の発言に対する宮内庁の管理が不行き届きだと非難した。政府の「政治利用」に逆らう天皇は「違憲」だというわけである。

たしかに、現憲法は天皇を内閣のロボットであるという意味の定義を行っている。「内閣の助言と承認に基づき」とあるのがそれだ。これはそもそも、新憲法制定時の天皇が、日本国家唯一の主権者として宣戦布告を行った当人であり、新しい憲法の下で、主権者の意思を反映して作られる内閣は、天皇よりも絶対に民主主義的であり平和主義であるという考えに基づいた条文であった。

ところが七十三年の歳月は、内閣を戦争志向の改憲派に、天皇を憲法三原則を護持する護憲派に変えた。しかし、天皇に国政に関与する権能を与えないとした憲法の「民主主義的」規定は生きている。よって、奇妙なことに、護憲派の天皇の意見表明は「違憲」であり、政府が国政の権能を行使して、改憲を図るのは「合憲」とされるのだ。政権による天皇の「政治利用」も、主権者が選んだ政権の政策なのだから合憲・合法というわけである。

だが政権が、国民の大半と利益を共にしない勢力の利益のために権力をほしいままにし、権力行使の内容がアメリカの「国益」に奉仕するものにもなっている、という事態は尋常ではない。内閣とそれを支える勢力は、まさに、三島がかつて、「口をきく気にもなれない」と、なかば諦観とともに述べた人々のなれの果てである。

明仁天皇と三島由紀夫――その逆説的酷似

先に触れたように、藤田省三は戦後の天皇制を「買弁天皇制」と呼んだ。戦後の天皇制は、アメリカの支配の便宜に貢献してきたから、その基本性格は「買弁天皇制」であった。制定から七十三年、買弁内閣の買弁改憲構想に対して、その買弁天皇制の頂点の座にある、しかし、国政の権能のない天皇が、現政権の買弁性を憂慮し異議を申し立てている。それが、安倍政権と明仁天皇の軋轢の基本性格である。その軋轢の最後の集約点が、二〇一六年八月八日の「おことば」とそれに対する内閣の対応だった。

白井聡が言うように、買弁の極限に達したこの国のかたちを、国政の権能を有する主権者が良しとするのであれば、自分は天皇の座にいる意味がない、国民よ、象徴天皇制を総括してくれ、というのがあのメッセージの奥底の声だった。白井聡は、「おことば」についてこう言う。

腐朽した「戦後の国体」が国家と社会、そして国民の精神をも破綻へと導きつつある時、本来ならば国体の中心にいると観念されてきた存在＝天皇が、その流れに待ったをかける行為に出たのである。

この事態が逆説的に見えるのは、起きた出来事は「天皇による天皇制批判」であるからだ。「象徴」による国民統合作用が繰り返し言及されたことによって、われわれは自問せざるを得なくなったのである。すなわち、アメリカを事実上の天皇と仰ぐ国体において、日本人は霊的一体性を本当に保つことができるのか、という問いをである。もし仮に、日本人の答えが「それでいいのだ」というものであるのなら、それは天皇の祈りは無用であるとの宣告にほかならない。

（『国体論』）

「天皇による天皇制批判」は、当然、「国体」内部の事柄である。橋川文三が、磯部浅一に垣間見たような、「反国体」への転化が、明仁天皇に起きたということでは無論ない。天皇の問いは、戦後の天皇制国家には、現実にはアメリカの実利に即して作り直されたものではあっても、そういう政治的な意図とは別に、憲法に書き込まれた理念があり、「独立」後日本国家はそれに従うべきであるはずなのに、それがあからさまにアメリカの意向で蹂躪されているのを、政権や主権者は座視するのか、という問いである。当然、それはアメリカ支配下の象徴天皇制国家の再審につながる。

しかし、親米右派の「買弁政権」は、自らの国政の権能を盾に、この天皇の問いかけを抑え込んだ。それが、憲法と皇室典範に触れない一代限りの特別立法による生前退位法という「処理」だった。

かつて三島は、戦前の天皇制とは異なる一種の神権天皇制の立場に立って、戦後の象徴天皇制を欺瞞だと批判した。その批判に天皇裕仁と国民を直面させるために自刃したと私は考える。時代も手法も思想も全く異なるけれども、政権と社会の主要な傾向による天皇制の買弁化、さらには売国化に抵抗するという意思においては、意外なほど三島と現天皇に酷似しているのである。

「日本計画」による「国体」の維持

ここで、象徴天皇制の起源を振り返っておきたい。象徴天皇制を生み出したのはアメリカの対日占領政策である。それは、三島由紀夫が、天皇の背広姿に違和感を覚えた時期に始まる。しかし、その起源のさらなる起源は、繰り返すが一九四二年の「日本計画」に遡る。その内容の基本は、一九四五年以降の、占領後の政策とほぼ同一である。天皇制の存置、天皇の地位の保全、天皇の主権と統帥権の剥奪、武装解除、間接統治である。この内容は、イギリスともすり合わされ、ソ連にも延安の毛沢東にも伝えられて、暗黙の了解が得られていた。モスクワとも延安とも持続的に接触していた野坂参三も知っていた。野坂は徳田球一の後、長らく戦後共産党の委員長を務めた人物である。彼はソ連、延安の「天皇制存置」に対する暗黙の了承を知りつつ、日本共産党を指導したことになる。

天皇制が存置され、天皇の地位を保全するのだから、極東軍事裁判での訴追は行われない。この占領統治の骨格は、天皇と日本政府にとっても渡りに船であった。敗戦の半年前、近衛文麿は「上奏文」で、戦争を継続して革命を誘発するよりも早期に敗戦を受諾することによって国体を護持すべきであると述べた。しかし、もう一度戦果を挙げてからという天皇の意向で和平交渉が停滞するうちにドイツは降伏し、日本軍は沖縄戦で大打撃を受けた。

そこにポツダム宣言が発せられた。受諾のための外交交渉では、和平（降伏）推進派である外務省が、バーンズ国務長官の回答文書にある「subject to」を、主権は占領軍に「隷属する」と翻訳せず、占領軍の「制約の下に置かれる」と翻訳し、正確に訳して「国体の根本的破壊」だと受諾に反対した主戦派と対立した。しかし、占領終結後の統治形態について、「バーンズ回答」に「日本国国民の自由に表明する意思により決定せられるべきものとす」とある以上、君主制廃止が絶対条件ではないとの判断が採用され、国体は護持できるとして宣言受諾に踏み切ったとされる。

占領に当たってアメリカは、アメリカの意向に沿うかぎりでの日本の「国体」を維持させた。主権は天皇に残ったのでもなければ国民に移ったのでもない。アメリカの「制約下」、正確には「隷属下」に置かれ、アメリカの意思によって、憲法上は天皇が象徴とされ、国民主権が成立するのである。その結果、占領下では直接にアメリカ軍が、「独立」後は、安保法制が憲法の上に立ったのである。

なぜ衣冠束帯ではなく背広なんだ、という三島の違和感は鋭かった。主権はアメリカの手に移ったのである。背広はそのことの象徴に他ならない。天皇はそれを承知で、「国体」の従属的延命の形を整えるために奔走・暗躍する。アメリカは、統治の円滑化を図るために、あたかも天皇とマッカーサーの相互信認の上に占領政策が推進されているという心証を日本人に向けて演出し続けた。

国体護持のために奔走する天皇裕仁

冷戦が激化する中で、日本を非武装化する以上、占領統治と極東軍事戦略のためには、米軍の拠点となる軍事基地が不可欠だった。沖縄は要の位置にあった。日本はドイツと違って、実質的にアメリカの単独占領に近かったが、占領政策の確定には、他の連合国の意向や国際世論を配慮しながら遂行する必要があった。それゆえ、アメリカが一方的に沖縄を永久に軍事基地化することをためらい、日本側からアメリカが沖縄を米軍の基地とするようオファーすることを日本に求めた。これに天皇が応じ、いわゆる「沖縄メッセージ」を寺崎英成に託したのである。

天皇は、日米二国間の条約で長期の貸与という形式をとってアメリカ軍の沖縄在留を継続するべきだという見解を、シーボルト政治顧問を通じてマッカーサーに伝えた。豊下楢彦は『安保条約の成立』『昭和天皇・マッカーサー会見』『昭和天皇の戦後日本』などを通じて、戦後史における天皇裕仁の政治的奔走・暗躍のあとを追っている。

豊下の研究に対しては、天皇の意向の伝達の時期と米軍の決断の時期のずれから考えて天皇が沖縄を差し出したとは言えないとか、天皇は日本が主権を持つ領土としての沖縄の貸与を考えていたが米軍は沖縄の主権を認めず占領を続けたので、メッセージとアメリカの沖縄駐屯との因果関係はないとする強い異論がある。

だがアメリカが、日本から占領をオファーせよと指示したとき、すでに国政の権能を持たなくなっていた天皇がマッカーサー宛に提案を行い、アメリカの意向に沿うようレールを敷き、アメリカがそれに応じたという事実関係の推移は否定のしようがない。

また、日本国家の主権全体が、占領下はもちろんのこと、「独立」後も実質的には日本になかったことを考えれば、天皇が政治的にレールを敷いたそのことのほうが重要で、貸与か占領かの形式上の差異は、中心的な問題ではないと私には思える。

もうひとつは、対日講和条約締結の前に行われた「ダレス・天皇会談」である。豊下は、天皇が首相の吉田とは別に二元外交を展開し、アメリカの意向に沿うように部分講和、片面講和への道を誘導した過程を詳細に分析している。この問題に関しても、史料の解読の仕方に誤りがあるとか、国政の権能のない天皇に、日米関係を決定づける政治的規定力はないといった天皇の影響を否定する異論がある。

だが、神権天皇制下の憲法で現人神であり主権者であり統帥権の総攬《そうらん》者であった天皇の言動を、昨日までその「臣下」であった首相や閣僚が抑止できると考えることのほうが無理筋ではなかろうか。しかも、マッカーサーの地位が安定していた長い期間、マッカーサーは、天皇とのたび重なる会談を通して、相互信認の虚構を占領統治の心理的なカードとして駆使していたのである。また、マッカーサーとトルーマンに相剋が生じてからは、天皇は彼の腹心を介してワシントンとホット・ラインで結ばれていた。少なくとも占領下においては、アメリカの意向に沿う目的であるかぎり、天皇が超憲法的に政治的な規定力を行使しうる環境にあったと考えるのが妥当であると思う。これが即位のときから国政の権能のない明仁天皇との絶対的な違いである。

『昭和天皇独白録』によれば、天皇は、敵が伊勢に上陸すれば三種の神器が守れない、これでは国体護持が難しい、だから講和をせねば、と考えたと語っている。庶民には滑稽に見えるが、彼にとっては究極のところ、三種の神器が国体なのである。日本国の主権がアメリカの膝下にあっても、そういう意味での「国体」が護持されれば、天皇の使命は果たされると考えていた。天皇裕仁は、よしんばどれほどその名に値しないものに変容してしまっても、「国体」護持のために、なしうるすべてをなそうとする覚悟で、占領軍と対応してきたのだといえる。

メビウスの輪としての戦後体制

結果として出来上がった戦後体制は、誰にとっても腑に落ち切らない、宙づりの性格のものとなった。神権天皇制主義者にとっては、「鬼畜」と呼んで闘った、不倶戴天の敵国に守って貰った「国体」であることが堪え難かったはずである。天皇は人間となり、主権者でもなくなり、統帥権も失った。権力と結んだ宗教的権威は神道指令で「失墜」した。敗戦直後に限って言えば、三島ならずとも天皇制は死んだと考えた人は少なくなかった。しかも、「国体」の上にアメリカの統治がある。占領下はもちろん、「独立」後もアメリカの統治の影は消えなかった。

このような欺瞞のからくりに三島は早くから気づいた。しかし、気づいても、現実を変えることはできなかった。それが、生得的な「どこかに決定的な悲劇と真実があり、自分はそれから絶対的に排除されている」という感覚と響き合い、次第に昂じてきた。その違和の高まりの中で、三島は、『サド侯爵夫人』を書き、『英霊の声』を書き、『豊饒の海』四部作に取りかかる。

他方で三島は、自衛隊体験入隊などを繰り返しながら、楯の会の青年たちと「行動」の計画を練り始める。一九六〇年代末から七〇年にかけての三島の政治情勢分析には、新左翼の軍事的力量に対する過大評価に基づく焦りが投影されていて、冷静に見ると説得力に欠けるところがあるが、何度も言うように、日米防衛協力のための指針もまだ作られていない段階で、自衛隊はアメリカの傭兵になると指摘した直観は卓越している。

他方、民主主義者、とりわけ共和制を良しとする人々にとっても、戦後体制は隔靴搔痒の感の尽きないものだった。占領軍は軍国主義の日本を「民主化」したと言いながら、憲法は欽定憲法と同様、天皇が発布した。その憲法は、共和制ではなく、国政に関与する権能こそなけれど、天皇を頂点とする立憲君主制であった。憲法学者の多くは、民主主義と抵触する憲法第一章を「飛び地」と解釈した。「飛び地」とは、民主化しきれなかったために残ったいわば例外条項である。

天皇制の延命という意味合いで重要なのは、神道指令による国家神道の影響の排除が「私的」な領域には全く及ばなかったことである。「宮中」には皇室神道・皇室祭祀がほぼそっくりそのまま維持された。民間には、神社神道が生き残り、靖国神社も護国神社も温存された。公共施設での神道行事は、すぐに復活した。なかでも、公的行事でなくなった皇室祭祀がもたらす事態は重大である。

島薗進は『国家神道と日本人』で次のように書いている。


大祭のうちのいくつかは内閣総理大臣、国務大臣、国会議員、最高裁判事、宮内庁職員らに案内状が出されており、これら国政の責任者や高級官僚らは出席すると天皇とともに拝礼を行う。明らかに国家的な行事として神道行事が行われているが、「内廷のこと」、すなわち天皇家の私事として処理され、国民には報道されない。

大祭というのは元始祭（一月三日）、昭和天皇祭（一月七日）、春季皇霊祭（春分）、神武天皇祭（四月三日）、秋季皇霊祭（秋分）、神嘗祭（十月十七日）、新嘗祭（十一月二十三日）などである。国家神道の行事は、戦前と同じように、ただし私事として行われているのである。そしてそこに、毎年何度も天皇の首相、天皇の閣僚＝大臣、天皇の裁判官、天皇の国会議員、天皇の高級官僚が集って、天皇を最高祭司とする神道儀式を執り行っているのだ。これは現代日本国家の宗教的権威がいまだに天皇であり、その根拠が国家神道にある何よりの証拠ではあるまいか。当然、経費は税金で賄われる。

「国体」が護持されたと信じた者は、信じた筋道を辿ってゆくとこの国の主人はアメリカであるという事態に辿りつく。戦後国家を民主主義国家と信じた者が、国家の要路の人間の行動を辿ってゆくと、「宮中」で国家神道の儀式を執り行っている姿に辿りつく。この欺瞞の反転が心地よいと感じる人間にとってだけ、この国は生き易く心地よいのだ。彼らは、この欺瞞を、自身の私益のために隠蔽する。

安倍政権による、支配と利権のための改憲

安倍政権は、アメリカの意に沿う改憲の実現を考え始めた。かつての改憲派は、思想内容の質はどうあれ、アメリカと距離を置いて、独立した外交や軍事戦略を展開したいと考える保守派であった。安倍の改憲構想は、アメリカに縋《すが》りついて、アメリカの求める軍事行動や外交が行えるようにするための改憲であり、アメリカの企業が売りたい高価な武器を自衛隊に装備するための改憲である。そうした買弁的な政治姿勢に批判的な意識が涵養《かんよう》されないようにするために基本的人権を抑制する改憲でもある。この改憲は、自派の勢力にとってだけ利益をもたらす。

改憲を推進する勢力は日本会議や神道政治連盟である。安倍政権の閣僚の圧倒的多数がこの二団体に所属している。創価学会系の公明党員以外はほとんどすべてである。彼らは天皇元首化を掲げるが、それは彼らが天皇主義者であることを意味しない。天皇への崇敬はひとかけらもない。この勢力にとって、天皇制は私利をむさぼる政治の道具なのである。象徴天皇制では、利用できる範囲が限定されて回りくどいので、形式上、天皇の権威を横領したいだけである。

彼らの資質は、二・二六「蹶起」が掲げた天皇親政のイデオロギーを換骨奪胎して、政

権を私物化した軍部主流と酷似している。彼らには、支配と利権保全の欲望しかない。身を捨てても守ろうとする、絶対的な価値がない。三島が生きていたら、この改憲派たちと「口をきく気になれない」だろう。

だが、主権者は、この勢力の伸張を止めようとしなかった。もちろん、選挙制度のからくりも、安倍を筆頭とする日本会議・神政連勢力が主流をなす自民党が多数を占める一因ではあるけれども、改憲勢力に国会での改憲発議可能な、議会の三分の二を占められてしまった理由を、選挙制度にだけ帰することはできない。

先に述べたように明仁天皇には護憲の使命感がある。そのため、民主党政権の失墜と第二次安倍政権の成立を機に一挙に進んだ護憲派の後退と呼応するように、天皇は「護憲」の先頭に立った。言うまでもなく、明仁天皇の「護憲」は、象徴天皇制の下での憲法三原則の維持にほかならない。多くのネトウヨは安倍政権支持の立場から、護憲天皇を誹謗する。踏み込んで人権の擁護や平和主義的発言をくりかえす皇后を共産党の回し者だという書き込みまで出てくる始末である。

天皇制民主主義に未来はあるのか

こうした状況の中で、多くの護憲派が明仁天皇に心を寄せ、象徴天皇制を前提とした護憲・平和を構想するようになった。最たるものは、内田樹の「天皇主義者宣言」である。かつて共和主義者であった自分の立場を変えたと内田は「宣言」した。高橋源一郎のブログ上での発言も、ほぼ内田の立場と共通しているようにみえる。二人とも、天皇の護憲のために「闘う」姿勢への共感を隠さない。私にはそこに、今、憲法三原則つまりは非戦と民主主義と立憲主義を守るには、天皇を旗印にするほかはなく、そのためには共和主義を断念するしかないという善意の敗北主義が感じられてならないのである。

私の言う「善意の敗北主義」とは、獲得すべきだと考えてきた目標に到達できないと断念して、次善の策を選択したつもりが、決定的な一点で反対物に転化していることに気づかない政治選択のことだと考えてほしい。

豊下楢彦は、安倍政権を厳しく批判するとともに、日本の進むべき道を明仁天皇が照らすとも語る。樋口陽一は、明仁天皇を日本のヴァイツゼッカーだと言い、民主主義に君主は不要だが、日本の民主主義は「明君」に支えられていると語った。

こうした発言は、安倍の「改憲」を阻止するための戦略ないし戦術としての言説という側面を含んでいる。しかし、結果として、この国の現実の中で平和主義・民主主義・立憲主義を維持しようとする「革新勢力」の選択肢は、このままでは第一章（天皇条項）と第二十条（信教の自由）及び第九条（非戦・非武装）をセットにした象徴天皇制の「保守」だけに封じ込められつつあるように思える。

だが、君主個人の人格がよしんばどれほど優れていても、君主制が正しいことにはならない。制度と人格は峻別《しゅんべつ》すべきだと私は思う。明仁天皇に「心服」した人々に、そのことだけは考えてほしいと思うのである。明仁天皇の護憲主義が象徴天皇制の永続を目的とするのは、天皇の職業的使命感に基づくことだから、あれこれくさしてみても不毛である。問題は、主権者がそこから何を汲み取るか、である。

確かに君主制は近代政治の統治形態として過渡的には存立しうるけれども、君主を認めることは、すべからく人間の尊厳は平等でなくてはならないという近代が生み出した思想に背反する。君主制を選択するということは、この不平等を覚悟するということである。また、その君主の権威の根拠となる宗教的価値を認める覚悟をすることである。私が三島由紀夫の思想と行動に、ある種の畏敬を覚えながら、絶対に同調しないのはその点だ。明仁天皇についても、同じことが言える。

〈生前退位〉と「自刃」

明仁天皇は、特権的な例外者でありながら、個人であることを禁じられ、国政に関与する権能をもたない。いわば人権を奪われた霊的存在である。彼は国政に関与する権限を持たない「象徴」として、政治的敗北を覚悟の上で、政権に対してなしうる最大限の抵抗を試みた。しかも、彼が背負った理想は、かつてアメリカの占領下、日本国家に「建前」として背負わせた〈理想〉にほかならない。その後のアメリカは常に、憲法で日本に求めた理念への裏切りを、憲法の上位に立つ日米安全保障条約を盾に、日本に求め続け、政府はそれに従ってきた。

明仁天皇は、唯々諾々と、国政に関与しないロボットとして「内閣の助言と承認」に基づいた「言動」を重ね、憲法の〈理想〉をも裏切って、安倍を筆頭とする日本会議、神政連一派によって領導される「改正」された憲法を発布することもできただろう。明仁天皇はそれを選ばなかった。理念に殉じてこの絶対的な〈報われなさ〉を選んだことは、一種の〈愚行〉と言えば言える。ただし、それは悲劇的人物による高度の確信犯的〈愚行〉である。

象徴天皇である以上、つねに言動には高度な抑制が課せられていた。政治的内容をはらむ「おことば」を、あからさまに語れば、そのこと自体が「違憲」だという、制度上の制約の下で、即位以来、発言はどれも韜晦ゆえの隔靴搔痒感に満ちていた。

そしてついに、生前退位を求めるメッセージを通して、天皇は、国政の権能は政権にあるのだから、政権が象徴天皇制はいかにあるべきかを明らかにせよと問いかけた。また、政権をつくるのは主権者なのだから、主権者に対しても、本当のところ、天皇制をどう考えているのか明らかにせよ、と暗に問いかけた。職業的宿命から、天皇の発言は極めて抑制的であったが、示唆されるものは明白だった。それは天皇制を道具として利用する権力と権力を容認する主権者への、「権威」の座にある者の反逆である。

象徴天皇制永続の論理による、現実の「史的システム」としての天皇制政治への否定を内包した、この二〇一六年八月八日のメッセージも、政権によって収拾された。皇室典範の内容の検討には踏み込まず、もちろん憲法第一章の是非にも触れなかった。生前退位法は、政府とその支持勢力にとって都合の良い特例法の範囲に収まった。その結論を得るために、政府は、首相と気脈を通じる「有識者」を法案策定に動員した。

二〇一七年五月二十一日の『毎日新聞』の報道では天皇はその結果に強い不満を表明したとされるが、交替した宮内庁の官僚はそんな事実はないと全面否定した。法律の内容は当然全く変わらなかった。

全くベクトルは違うけれども、悲劇的人物による高度に確信犯的な〈愚行〉であるというその一点で、この問いかけは、三島由紀夫の自刃と共軛《きょうやく》なのではないか。三島は、生得的な「つねに決定的な、肝心要のことから拒まれているという感覚」と、敗戦が生んだ欺瞞による不遇感をバネに、〈引き裂かれて生きること〉の緊張から、多くの作品を生み出した。その行き着く果てが、自刃であった。三島もまた、三島の理念としての天皇制を指標として、現実に存在する天皇制への否定を試みたのである。

天皇の霊性を価値としない者のために

四十六年を隔てた、〈自刃〉と「おことば」という、似ても似つかぬ二つの行為は、それが、腐敗した現実の天皇制国家＝「史的システム」に対して深く踏み込んだ批判である点において酷似している。一方は過激で異端の天皇主義者の破滅的な行動、他方は天皇本人という職業上の宿命を負った当事者の、一見極めて抑制的なメッセージであるが、双方ともに、天皇に価値を見いだす者による天皇制批判であるという点でも相似形である。

彼らはともに、天皇の霊性に依拠していた。三島の直観は、敗戦後、「国体」の体裁を護るために、天皇が自己の担うべき霊性をマッカーサーの膝下に跪かせたことを見抜いたのである。また、明仁天皇の「護憲」の闘いは、自らが皇室神道と皇室祭祀を通して、「私的」に辛うじて維持してきたと信じる霊性を蔑ろにしようとする者との闘いである。彼らの闘いの強さの源泉は天皇の霊性を守る使命感にある。

「霊性」とは、国民の、国家に対する信仰の対象が帯びる超越的価値である。日本の場合、天祖（天照）から天孫（瓊瓊杵《ににぎ》）、さらには神武から歴代の天皇を介して現天皇に宿っているとされる神性を意味する。近代天皇制下で、それは国家神道によって担保されてきたが、「神道指令」と「人間宣言」で全否定されたと三島は考えた。したがって、三島は新憲法下の戦後民主主義は霊性を否定した国家体制であるとして、これに敵意を抱き続けた。三島による天皇の霊性に依拠した「闘い」は、戦後民主主義と敵対する性格を帯びていた。

この点で、明仁天皇の「闘い」は、三島と対照的である。「神道指令」と「人間宣言」が存在するにもかかわらず、戦後の国家体制の下でも、天皇制が存置され、皇室神道と皇室祭祀が温存され、皇室典範によって法的正統性が保証されたことによって、天皇の霊性は隠密裏に保全されたのである。そして明仁天皇に対する国民の親和の感情は、天皇の霊性を、公然にか、暗黙にかは、人によって異なるにせよ、肯定するものであった。天皇を支持する戦後民主主義者たちは、天皇の霊性を承認していたのである。したがって、明仁天皇の、憲法を蔑ろにする現政権との「闘い」は、天皇の霊性が棲みこんだ戦後民主主義を背負ったものとなった。

だが、三島の闘いも、明仁天皇の闘いも、いずれも、天皇の霊性を価値としない者に対しては究極の共感を呼び覚ませない。それゆえ、霊性を価値としない者を包摂できない。彼らの力の源泉である天皇の霊性は、致命的な躓《つまず》きの石でもあるのだ。霊性を信じない者、つまり天皇への宗教的崇敬のない者こそが、このアポリアを超えて、彼らに学び、彼らの

〈闘い〉を受け止めながら、その地平を超えて政権の専横を糺し、君主制の弊害と、共和制国家にもしのび込む霊性への信仰を克服するのでなければならないと私は思う。なぜなら、国家の価値を至上のものとする観念、つまり国家の霊性への信仰から自由になれない限り、隣人との相互信認が作り出す力は、国家の壁に寸断されるからである。

しかし、隣人の相互信認の力で国家や資本の束縛を超えることは至難の業である。戦後日本の根底的変革を模索していた花田清輝は、「柳田国男について」（一九五九年）で、報徳会の農村運動に関する柳田の論文「時代と農政」の見解に「前近代的なものを否定的な媒介にして近代的なものを超える」進歩的な態度を見ないわけにはいかないと言った。それは、報徳会の農村運動と、それについての柳田の見解を「在村地主的イデオロギー」だと言って全否定した、近代主義的リベラル派の歴史家、家永三郎の見解に対する反論であった。

柳田が、報徳会の農村運動の中に、「在村地主的イデオロギー」の限界の下にありながら、信用組合を通じて資本制を超える自治を作り出す、農民の生活が生み出す叡智を評価している点に、花田は着目したのである。

そのひそみにならえば、われわれは、三島の〈自刃〉と明仁天皇の「おことば」を「否定的な媒介」として君主制を超え、国家の文化的価値による呪縛を超える筋道を探らなければならない、という結論に達するしかない。

だが、悲しむべきことに、この国の自覚的な非君主主義者たちの主流は、三島になど見向きもしないし、明仁天皇にも学ばない。それどころか、一部の運動家たちは、明仁天皇と安倍の間に相剋があることさえ認めない。両者は共謀し、明仁主導で改憲を推し進め、両者の間にあるように見える軋轢は全部、出来レースだと主張している。そういう認識によって、天皇制を是としながらも、憲法三原則を維持し、アメリカへの隷属下での戦争にこの国が引きずり込まれることを憂慮している護憲主義者をすべて敵に回してしまっている。

日本近代はいま、政治的・社会的荒廃の果ての〈末世〉にある。末世の意味は、とりあえず、世界秩序の底なしの混迷の下で急速に進む対米隷属、特権層の富と権益の急速な拡大、生産力重視・生命軽視と次世代に相続される悪循環的な格差と貧困の拡大などを考えてもらえばよい。

天皇制国家の霊性とアジアからの憎悪

三島は敗戦処理が生んだ欺瞞を衝いて、近未来の〈末世〉を予見した。日本国民に主権は存在しない、精神的尊厳の根拠が奪われて久しい、と。

「蹶起」の年、「このまま行ったら『日本』はなくなってしまう」「代わりに、無機的な、からっぽな、ニュートラルな、中間色の、富裕な、抜け目がない、或る経済的大国が極東の一角に残る」と三島は書いた。「無機的な、からっぽな、ニュートラルな、中間色の、富裕な、抜け目がない」は、高村光太郎の「根付の国」の日本人像と響き合う。「魂を抜かれた様にぽかんとして自分を知らない、こせこせした命のやすい見栄坊な小さく固まって、納まりかえった猿の様な、狐の様な」と光太郎は、戦前の日本人の「奴隷性」を描いたのだが、姿形が一見洗練されただけで、まるで現代日本の政治や企業や官僚機構の担い手のようではないか。

明仁天皇は、職業的宿命を背負って〈末世〉と対峙し、敗戦後七十三年の擬制を衝いた。憲法の理念は空洞だ、政府はそれをどう考えているのか、主権者は政府の考えている通りでいいのか、今こそ戦後憲法の現状を、精神を指標にして批判的に考え直せ、と問いかけた。彼らはほぼ同じ敵を見据えている。三島が見ていたのは「奴ら」、つまり利権を手にした親米保守層である。明仁天皇が見ているのは、「奴ら」のなれの果てである。

残念ながら、二人を超える歴史認識と現実認識を、民主主義者にも共和主義者にも左翼にも私は見出すことができない。だが反面、三島が理想とした天皇への恋闕にも、明仁天皇がめざしている象徴天皇制の永続にも、人々の未来を託してはならないと私は思う。

彼らが、時を隔てて、衝いた欺瞞をふりほどくには、私たちは天皇制の外へ出なくてはならない。もちろん、〈外〉に出てもユートピアがある訳ではない。人々を呪縛する国家の霊性は共和制国家にも宿るからだ。トランプやプーチン、習近平をみれば、その無残さは明らかだろう。ロベスピエールの「最高存在の祭典」や、ルナンが言ったフランス国民による「日々の国民投票」も、一種の〈信仰〉にほかならない。共和制国家の下でも、国家の霊性への信仰は、人々を躓かせる。躓かせるものとの闘いは永続すると覚悟しなくてはなるまい。

だが、まずこの国では、人の上に人を作り、人の下に人を作る霊的システムの外に出る筋道を探ることとなしに、〈末世〉の先を見通す一歩は踏み出せない。三島の「蹶起」や明仁天皇の「護憲」の闘いの原動力の起源は、彼らが天皇制の内部にある以上は避けて通れない霊的なものへの忠誠である。しかし、その闘いの生む果実は、彼らを満たしている霊的な価値の外でしか実を結ばない。彼らを「否定的」媒介と呼ぶのは、彼らが国家の霊性を絶対的に信仰している、まさにそのことなのである。

三島は、戦後天皇制国家が、「無機的な、からっぽな、ニュートラルな、中間色の、富裕な、抜け目がない、或る経済的大国」であるという批判的視座を持つことはできた。だが三島は、そういう人間が蔓延するのが「国辱」だという認識は持てても、それが日本国家の外部にどう映り、どれだけの怨嗟と憎悪の眼差しによって注視されているかに気づくことはできなかった。

私は先に、国家の内部では天皇に無意識の戦後民主主義国家が、旧大東亜共栄圏の民衆からは、戦前の銃を戦後の札束に持ち替えた同工異曲の侵略的天皇制国家に見えるだろう、という意味のことを書いた。

三島の「内面」には、そういう視座で日本国家を見ることを妨げるものがあった。その〈妨げ〉の根源こそが、三島にとっての国家の霊性、天皇の霊性への崇拝にほかならない。日本国家が軍事と経済で侵略したアジアの人々との相互信認の関係を形成するのを妨げるのもまた、日本国民の、この霊性の内面化にほかならない。一般的には、霊性は国家への幻想を媒介する。霊性がどこにどのようにして宿るのかは、国家によって異なる。日本の立憲君主制国家の霊性は君主である天皇に宿り、人々はそれに心を寄せるのである。

隣人との信認の起点をつくる

皇太子時代、沖縄で火炎瓶を投げつけられた明仁天皇は、一「個人」としては、このことを感じ取って、アジアの方へ身を寄せようという感性を働かせているかもしれない。しかし、天皇職という地位の下では、明仁天皇は「個人」たりえない。つまり霊性を背負わない天皇は存在しえない。それが制度の中にあることの宿命である。国家の霊性は、国家の〈外〉の人々と繫がることへの致命的な躓きの石となるのである。

三島由紀夫論の結語にはおよそ相応しくないけれども、だからこそ以下のことを私の三島由紀夫論の結語としたい。

〈末世〉の向こうに、いま私が展望できるのは、次のことである。生活相談のカフェでの出会いやシェアハウスの同居人の関係からさえ始めることのできる隣人との深い信認を、職場・地域・家庭を縦横に繫いでつくりあげること、それが、国家の霊性の呪縛や市場原理が関係を破壊できないアンダーグラウンドの避難所《アジール》、駆け込み寺、温床、巣窟へと膨れ上がり、やがて公然の場に姿を現すこと、そしてそこに形作られた確かな足腰の自治力が、社会全体を規定している市場の合理性と国家の霊性を凌駕することだ。

アントニオ・グラムシが、権力との正面対決（「機動戦」）に先立って整えておかなければならないと考えていた「陣地」とはそういうものなのだと私は考えている。

国家の霊性は不合理であるがゆえに人々を呪縛することができる。市場の競争はすべてを自然淘汰に収斂させる。〈末世〉とは、国家の霊性の不合理の力と資本の合理性の力にズタズタにされた人間諸関係そのものであり、「陣地」の結合こそが〈末世〉を超えるのである。

繰り返せば、三島由紀夫と明仁天皇の「闘い」に対する私の最終的な読解を、相互信認の社会を形成するための出発点としたいと考えているのである。

【著者】
菅孝行（かん　たかゆき）
1939年東京生まれ。評論家。東京大学文学部卒業後、東映に入社。京都撮影所で演出助手を務める。67年に退社。PR映画・CMの演出や、予備校講師などをしつつ、評論活動を行う。著書に『竹内好論』『関係としての身体』『戦後演劇』『感性からの自由を求めて』『佐野碩　人と仕事』『「天皇制論集」第一巻　天皇制問題と日本精神史』などがある。

平凡社新書896

三島由紀夫と天皇

発行日——2018年11月15日　初版第1刷

著者————菅孝行
発行者———下中美都
発行所———株式会社平凡社
東京都千代田区神田神保町3-29　〒101-0051
電話　東京（03）3230-6580［編集］
東京（03）3230-6573［営業］
振替　00180-0-29639
印刷・製本—図書印刷株式会社
装幀————菊地信義

ISBN978-4-582-85896-9
NDC分類番号121.6　新書判（17.2cm）　総ページ288
平凡社ホームページ　http://www.heibonsha.co.jp/

平凡社新書　好評既刊！

746 靖国参拝の何が問題か　内田雅敏
靖国神社参拝問題の本質は、昭和の戦争を聖戦化するこの神社の歴史認識にある。

749 作家のごちそう帖　悪食・鯨飲・甘食・粗食　大本泉
夏目漱石、永井荷風、開高健……。22名の作家の食から、その素顔に迫る。

762 「君が代」日本文化史から読み解く　杜こなて
「君が代」を不幸な固定観念から解放し、新視点のもとに見直す画期的な試み。

766 和食は福井にあり　鯖街道からコシヒカリまで　向笠千恵子
昆布、サバ、カニ……日本の縮図・福井県で豊潤な和食文化を味わい尽くす。

769 差別の現在　ヘイトスピーチのある日常から考える　好井裕明
ヘイトスピーチが無理解と排除を呼号する今、より豊かに他者とつながるために。

774 『日本残酷物語』を読む　畑中章宏
宮本常一らが新たな民衆像を求めて描こうとしたのはどんな「日本」だったか。

776 慰安婦問題の解決のために　アジア女性基金の経験から　和田春樹
「未完」に終わったアジア女性基金を振り返り、問題解決への道筋を示す。

778 童謡はどこへ消えた　子どもたちの音楽手帖　服部公一
長く作曲を手掛けてきた著者が綴る、詩情豊かな童謡へのオマージュ。